TATIANA DE ROSNAY

Franco-anglaise, Tatiana de Rosnay est l'auteur de nombreux romans, dont *Elle s'appelait Sarah* (Éditions Héloïse d'Ormesson, 2007), aux 11 millions d'exemplaires vendus dans le monde. Plusieurs de ses livres ont été adaptés au cinéma avec des castings prestigieux.
Bilingue, elle a écrit son roman *Les Fleurs de l'ombre* simultanément en français et en anglais. Il paraît en 2020 aux Éditions Héloïse d'Ormesson/Robert Laffont. En 2021, elle participe à l'écriture du scénario du film *Eiffel* et publie *Célestine du Bac*, toujours chez Robert Laffont. Ses thèmes de prédilection sont les secrets de famille et la mémoire des murs.
Ses livres sont traduits dans une quarantaine de pays, et elle figure sur la liste des romanciers français les plus lus à l'étranger, notamment aux Pays-Bas et aux États-Unis.

Retrouvez Tatiana de Rosnay sur :
http://www.tatianaderosnay.com/

TAMARA
par TATIANA

ÉGALEMENT CHEZ POCKET

L'ENVERS DU DÉCOR ET AUTRES NOUVELLES
LES FLEURS DE L'OMBRE
TAMARA PAR TATIANA

TATIANA DE ROSNAY

TAMARA
par TATIANA

Sur les traces de
Tamara de Lempicka

Michel LAFON

MIXTE
Papier issu de
sources responsables
FSC® C003309

L'éditeur de cet ouvrage s'engage dans une démarche
de certification FSC® qui contribue à la préservation
des forêts pour les générations futures.

Pour en savoir plus :
www.editis.com/engagement-rse/

Illustration de couverture Charlotte Jolly de Rosnay

ISBN 978-2-266-32154-9
Dépôt légal : novembre 2021

Sommaire

Qui es-tu,
Tamara ?

J'ai quinze ans lorsque tu débarques dans ma vie. Je ne connais pas encore ton nom. Je ne sais rien de toi. Ton autoportrait, au volant d'une Bugatti verte, c'est la première chose que je vois de toi, en feuilletant un magazine d'art.

Ton élégance. Ta sophistication.

Je ne sais pas encore que cette sirène aux lèvres sensuelles, aux doigts gantés crispés sur le volant, c'est toi. C'est ton expression qui me frappe ; un mélange de langueur et de dureté qui te caractérise. Ta bouche est d'un rouge violent ; ton regard d'acier. Deux boucles blondes s'échappent de ton casque de garçonne. Tu ne souris pas.

Tes prunelles brillent de nonchalance. Tes paupières scintillent sous un fard irisé.

C'est comme si tu disais : *Regardez-moi. Je sais ce que je veux. Je sais exactement ce que je veux. Écartez-vous, tous. Prosternez-vous. Je suis libre. Rien ne m'arrêtera. Je suis au volant d'un bolide, et c'est ainsi que je vis ma vie. Laissez-moi passer. Vous mourez d'envie de me retenir ? Impossible. Vous rêvez d'un baiser, d'une étreinte ? Pourquoi pas. Mais c'est moi qui décide. C'est moi. Tamara de Lempicka.*

Ton nom.

Presque un nom de plume. Un nom de scène. Un nom d'ensorceleuse. Un nom que tu inscris fièrement au bas de tes œuvres.

Qui se cache derrière l'image de perfection absolue que tu souhaites tant projeter ?

Je veux emprunter les pistes secondaires de ton chemin de gloire, creuser l'envers du décor. C'est ce que j'ai envie d'aller chercher : ton entrée dans la lumière. Ton parcours de météore.

Mais qu'as-tu abandonné dans l'ombre ? Comment as-tu forgé ta légende ?

Toi, la reine des Années folles, l'artiste emblématique de cette époque dorée.

Allume une cigarette, Tamara, une des cinquante que tu fumais par jour avec tant de gourmandise. Écoute-moi.

Laisse-moi raconter ton histoire.

T

COMME TALENTUEUSE

« My goal is never to copy. Create a new style. »

Tamara de Lempicka

Mon but est de ne jamais copier.
Créer un nouveau style.

Même avec ta date de naissance, tu triches, tu rafistoles, tu trafiques. Coquetterie ? Certainement. Tu es née séductrice. Et les séductrices ne disent pas leur âge.

Devant les journalistes, tu brodes, tu emberlificotes, tu mens. Tu brouilles les pistes. Tu te déclares même plus jeune que ta sœur Adrienne, née en 1899. Tu dis avoir vu le jour en 1902. Ce serait plutôt, selon tes biographes, entre 1895 et 1898.

Autre mystère, ton lieu de naissance. Tu annonces Varsovie. C'est pourtant Saint-Pétersbourg. Tu sembles vouloir te détacher de tout ce qui est russe en toi. Serait-ce à cause de ce sang que tu tiens de ton père, avocat moscovite ?

Ce père de passage t'a légué ses yeux bleus aux paupières lourdes. Tu racontes que tes parents se sont rencontrés dans un spa de luxe, quelque part en Europe. C'est vague. Un beau moustachu, ce Boris Gurwik-Gorski. De l'allure, du charme. Ta jolie maman, Malvina Dekler, fille gâtée et chérie d'un riche banquier polonais, l'épouse au début des années 1890. Il ne fait pas long feu, ton père. Le temps d'avoir trois enfants en cinq ans, ton frère Stanislaw, toi et ta sœur, Adrienne, et il s'est déjà envolé.

Tu n'en parles pas. Tu l'effaces, tout simplement, de ton existence. Comme s'il n'avait jamais été là.

Malgré cela, il y a ces photographies, comme celle où il tient le petit Stanzi sur ses genoux, et on peut constater à quel point tu lui ressembles. Qu'est-il devenu, Boris ? Pourquoi a-t-il disparu, d'un coup ? Tes parents ont-ils divorcé ? Ou alors est-il mort ? Un suicide ? Un assassinat ?

Il y a un relent de scandale autour de ton père que tu évites soigneusement.

Tu préfères, de loin, raconter aux journalistes ton enfance idyllique dans l'immense maison de tes grands-parents, Bernard et Clémentine Dekler, près du Kremlin, rue Ilinka. Tout était permis, dans cette demeure prospère où l'argent ne faisait jamais défaut.

Les fêtes étaient somptueuses, comme les toilettes, qui venaient de Paris. Basés à Moscou, les Dekler passaient du temps à Saint-Pétersbourg, à Monte-Carlo, à Marienbad, dans les hôtels les plus prestigieux. Les trois sœurs de ta mère, Eugenia, Stéphanie, et Franca, se rajoutaient à ce gynécée joyeux et frivole.

Très tôt, tu t'imposes comme la princesse d'un royaume où il n'y a plus de figure paternelle, excepté ton grand-père Bernard, le père de ta mère. Dès ton plus jeune âge, tu sais poser, prendre la lumière.

Pourtant, il paraît que tu n'étais pas jolie, au sens classique du terme. Tu te décris même comme étant « une petite grosse ». Tu n'en as cure. Tu apprends à faire en sorte que les regards s'arrêtent sur toi.

Tu es la préférée de ta grand-mère, Clémentine. Elle t'encourage à te considérer comme exceptionnelle. Tu éclipses même ton frère aîné, avec ton tempérament bouillonnant. L'autorité t'agace.

Tu adores être le centre de l'attention. Cela se voit dans ce portrait de toi, debout devant une petite table et une horloge. Tu n'as pas huit ans, et tu sais tourner ton visage pour toiser le photographe d'un air rebelle. Cette assurance ! Déjà…

Ton activité préférée ? Voler des amuse-bouche dans la cuisine de ta grand-mère à l'aide d'une longue fourche, au nez et à la barbe du chef cuisinier et des gouvernantes. Tu les distribuais ensuite à ton frère, ta sœur et tes cousins. Tu étais la meneuse de la bande, la chef. Personne ne remettait en question ta suprématie. Personne ne te grondait.

Pendant des heures, tu écoutes ta grand-mère jouer du piano dans son salon grandiose. Tu mets en scène des spectacles de théâtre, où tu te réserves les meilleurs rôles, drapée de déguisements extravagants, de velours et de perles.

Tu fabriques de jolies fleurs en carton et sur un coup de tête, parce qu'une domestique a osé te faire une remarque, tu pars les vendre dans la rue, en bas de chez toi, en persuadant les passants que tes ouvrages viennent de Paris.

Tu n'aimes pas l'école. Quel ennui ! Tu préfères discuter avec ta grand-mère, qui prépare ses vacances annuelles sur la Côte d'Azur et en Italie, et qui te divertit avec ses anecdotes de villégiature, ce qui se passe au casino, qui avait la plus belle robe, qui a dépensé le plus d'argent… Clémentine aime autant les musées italiens que la roulette.

Comment faire pour que tu puisses accompagner ta grand-mère lors d'une saison au soleil du Sud ? Tu es maligne. C'est vite trouvé. Il suffit de tousser un peu, de jouer la comédie, d'inquiéter tes proches. Ta mère le décide elle-même : tu éviteras le rude hiver de Moscou pour suivre Clémentine pendant six mois, à Florence, Rome, Venise et Monte-Carlo.

Ta grand-mère n'a pas à se faire prier. Partir en vacances avec sa petite-fille préférée ? Une joie !

Vous formez un couple surprenant qu'on ne peut s'empêcher de remarquer. Une élégante vieille dame et une jeune fille curieuse de tout. Tes malles sont garnies de messages de tes amies moscovites, chagrinées de te voir partir pour si longtemps, mais toi, tu regardes déjà devant, et tu quittes Moscou avec allégresse.

Ce long voyage va t'ouvrir la voie, te montrer ton chemin.

C'est d'abord à Florence, au bras de Clémentine, que tu découvres les maîtres de la Renaissance. Chaque jour, tu déambules au musée des Offices, émerveillée par tant de beauté. Patiemment, ta grand-mère te fait remarquer un angle, une couleur, un détail.

Tu n'en as pas conscience, mais elle est en train de t'apprendre à « voir ». À te faire tes propres opinions artistiques.

Tu contemples, ébahie, *La Naissance de Vénus*, de Botticelli. Tu te laisses envoûter par *La Vénus d'Urbin*, de Titien. Tu ne te lasses pas de la position des mains, des cascades de cheveux, du port de tête.

Tu te passionnes pour la ligne des corps dessinés par ces grands maîtres, par l'utilisation de la lumière du Caravage, de Léonard de Vinci, le fameux *chiaroscuro*, par le choix d'une teinte en particulier.

À Rome, toujours escortée de Clémentine, tu vacilles de bonheur dans la chapelle Sixtine, la tête renversée en arrière pour admirer les fresques monumentales de Michel-Ange. C'est *La Création d'Adam* qui t'ensorcelle le plus, ces deux index qui se frôlent, l'indolence sensuelle d'Adam qui déplie son bras avec langueur vers Dieu.

Plus tard, à Venise, tu t'emballes devant Carpaccio, le Tintoret, Véronèse, Bellini. Ce voyage italien a tant d'importance pour toi que tu le referas, régulièrement ; tu emmèneras ta fille ici, et tes petites-filles, plus tard.

Du haut de tes douze ans, tu vibres d'une intensité que tu n'as jamais connue. Toi aussi, tu veux peindre ! À Menton, lorsque vous séjournez au Grand Hôtel des Ambassadeurs, ta grand-mère embauche un jeune professeur de peinture, qui vient chaque après-midi te faire exécuter des aquarelles. Il s'appelle Henri. Il t'apprend à dessiner des natures mortes, des brins de mimosa, le ciel, des paysages maritimes.

Lors d'une escapade à Rapallo, tu lui rapportes ton travail : de jolies fleurs mauves et rouges. Tu signes de ton prénom, « Tamara », d'une plume déterminée, suivi de l'initiale « G ». Tu mentionnes la date et le lieu, en élève appliquée.

Henri est grand, brun, charmant. Il a de si belles mains. Et ses yeux… C'est troublant, lorsqu'il s'approche de toi face au chevalet. Tu aimerais bien l'embrasser.

Tu deviens femme. Tu n'es plus la gamine boulotte. Ta silhouette s'allonge, s'arrondit là où il faut. Tes cheveux blonds sont épais et ondulés. Parfois, tu accompagnes Clémentine jusqu'au casino, à Monte-Carlo. Tu n'as pas le droit d'entrer dans l'établissement, et il faut bien attendre ta grand-mère.

Ta toilette est très étudiée. Tu portes des bottines hautes, une redingote de velours rouge, une capeline noire de vamp. Avec nonchalance, tu t'adonnes au diabolo, devant la porte de la salle. Quelle assurance tu as ! Moi, à ton âge, je restais dans mon coin, apeurée à l'idée qu'on puisse me remarquer. Toi, au contraire, tu cherches le regard des autres. Surtout des hommes. Les hommes mûrs, ceux qui pourraient être ton père.

Tu n'as peur de rien. Tu sais déjà flirter, te rendre irrésistible. Tu sais jouer de tes prunelles bleues. Ta grand-mère, à la fois ravie et scandalisée, doit remettre à sa place un monsieur distingué qui veut t'épouser. Il n'aura plus le droit de s'asseoir à votre table pour le dîner.

À votre retour à Moscou, ta mère et ta sœur sont impressionnées par la jeune femme sophistiquée que tu es devenue, à treize ans. Ta grand-mère fait faire ton portrait par une artiste connue des milieux aisés de la ville. Tu dois rester immobile pendant de longs moments et tu détestes cela. (Tu ne te doutes pas encore que plus tard, tu vas infliger le même traitement à tes modèles.)

Tu méprises le résultat. C'est, selon toi, mal dessiné, brouillon. Les lignes ne sont pas pures. Tu es persuadée que tu peux faire mieux que cette dame qui se prétend artiste peintre. Pourtant, tu n'as jamais rien peint de ta vie, à part les aquarelles avec ton jeune professeur. Tu décides de prendre Adrienne, ta petite sœur, comme sujet. Tu la forces à poser. Elle râle, mais tu insistes.

Tu recommences, encore et encore. Tu t'acharnes. Tu veux absolument réussir ce portrait. Ton entourage constate avec fierté que tu as du talent.

Et c'est ce jour-là que tu commences à rêver à une grande carrière artistique. Mais c'est encore loin, n'est-ce-pas ? Et il y a tant de choses à faire avant. S'habiller, se faire belle, plaire. Ta grand-mère t'a laissé acheter tout ce que tu voulais en France, des robes de Paul Poiret, somptueuses, luxueuses et théâtrales, pas vraiment convenables pour une jeune fille de ton âge.

Qu'importe ! Tu construis déjà ta légende.

1910. Retour aux études, dans un pensionnat pour jeunes filles de bonne famille à Lausanne où tu restes plusieurs trimestres. Tu es censée perfectionner ton français et tes bonnes manières.

Tu passes tes journées à regarder par la fenêtre et t'ennuyer ferme. Même la beauté du lac Léman te laisse de marbre. La seule chose qui t'intéresse, c'est l'aperçu d'un nouveau mouvement artistique, le cubisme. Pablo Picasso, Georges Braque : c'est la première fois que tu entends ces noms, que tu vois leur travail dans la presse.

Ta curiosité est attisée. C'est tellement différent, ce qu'ils font. Ils cassent les codes, recommencent à zéro ! Ces peintres ont osé fragmenter leurs sujets en facettes multiples, pour les redessiner sous d'autres angles.

Tu ne sais pas encore qu'avant eux, Cézanne, le grand peintre français, avait détonné avec son style avant-gardiste, qu'il s'était intéressé à la simplification des formes, pour créer une vision moderne, totalement inédite. Tout ce que tu as compris, c'est que ton œil s'arrête, contemple, réfléchit, échafaude.

Saint-Pétersbourg te tend les bras. Fini les études ! Tu t'installes chez ta tante Stefa et son mari Maurice Sifter. C'est encore plus luxueux que chez tes grands-parents, à Moscou. Mais Saint-Pétersbourg, ce n'est pas l'endroit le plus tranquille depuis le rassemblement monstre de janvier 1905 et ce funeste « Dimanche rouge », où l'armée du tsar a tiré sans vergogne sur les manifestants pacifiques.

Personne n'a oublié le sang qui a coulé, les milliers de morts qui jonchaient les trottoirs de la ville. Des graines de violence irrémédiable ont été plantées. Mais toi, tout à l'éclosion de ta féminité, et enveloppée dans ta vanité de jeune fille riche, tu ne vois rien. Et ta famille est convaincue qu'il s'agit d'un incident isolé, qui ne se répétera pas.

On adore s'amuser, chez les Sifter, faire la fête, rire, profiter de la vie. Ces histoires de soulèvements et de paysans déchaînés, très peu pour vous. Vous vivez dans une bulle de luxe, et le reste ne vous intéresse pas.

La seule chose capitale à tes yeux, c'est comment tu vas t'habiller pour aller à tel bal, tel gala, tel concert. Les nuits blanches au bord de la Neva t'enchantent, tu peux danser jusqu'à l'aube. Il n'y a personne pour te surveiller. Ta mère est à Moscou, elle a autre chose à faire.

Ta tante te laisse parfaitement libre. Parfois, tu choisis les toilettes qu'elle portera pour sortir. Tu aimes manipuler le papier de soie, les tenues de soirée, les bijoux qui brillent dans leur écrin, le tulle, les dentelles, les broderies. Tu te pavanes devant la glace. On te trouve jolie. Toi aussi.

Tante Stefa a fait décorer son hôtel particulier par la maison Jansen, illustre entreprise parisienne d'un raffinement exquis. Les meubles aux finitions exotiques et aux couleurs subtiles, faits sur mesure, sont directement expédiés par la firme.

Tu vis désormais dans une ville où le champagne coule à flots. Ceux qui meurent de faim dans les campagnes vous sont invisibles. La perspective Nevsky n'est qu'un vertigineux étalage de luxe, un déballage permanent d'huîtres en provenance de Normandie, d'œufs Fabergé, de diamants bruts, de restaurants toujours bondés.

Tu vibres avec cette ville scintillante, rayonnante d'une beauté impériale ; tu te laisses aller à sa douceur de vivre. Tu prends des cours à l'Académie des beaux-arts. Tu deviens une habituée du théâtre Mariinsky et de ses balustrades, ses fresques lumineuses, ses chandeliers de cristal. Tu te régales des toilettes féeriques, des bijoux étincelants, presque plus que des ballets auxquels tu assistes. Tu as vite compris qu'ici, on vient pour être vu, avant tout.

Te voilà impatiente. Assez joué, maintenant. Tu veux une véritable histoire d'amour. Tu veux un homme, un vrai.

Tu as quinze ans, et tu ne veux pas attendre.

Un soir de 1911, tu te rends avec ta tante à un bal costumé. Au lieu de rivaliser avec les bijoux fastueux et les coiffures apprêtées, tu y vas déguisée comme une petite paysanne russe, vêtue d'une chemisette en coton brodé, avec deux oies tenues en laisse.

Tu attires tous les regards, même si les oies, effrayées, glissent sur le sol de marbre et font un boucan effrayant. Les invités rient aux éclats. Tu as fait une entrée fracassante.

Et tout à coup, tu le vois, lui.

Il est beau à couper le souffle. Grand, svelte, brun, tout ce que tu aimes. Des yeux bleus, teintés d'une lassitude mélancolique. Il est entouré de femmes superbes pendues à son bras.

Comment s'appelle-t-il, ton beau ténébreux ? Tu te renseignes, discrètement.

Tadeusz Lempicki. Il est polonais, comme ta mère. Il a vingt-deux ans. Il descend d'une famille éminente, installée à Saint-Pétersbourg, et vient de terminer ses études de droit.

C'est lui. Tu sais que c'est lui. Tu veux l'épouser et tu décides, là, maintenant, d'y arriver.

Tadeusz est couvert de femmes, on te met en garde. Il paraît que son père, Julian Lempicki, c'est pareil. Tel père, tel fils. Très mauvais signe. Tu t'en fiches. Tu l'auras, ton Tadeusz. Cela prendra sans doute du temps, mais tu l'auras. Ta détermination est inouïe.

Tu fomentes, tu planifies. Il suffit de se rendre aux mêmes réceptions, aux mêmes dîners. C'est long à mettre en œuvre. Il faut se renseigner, ruser, obtenir les bonnes invitations. Ta tante, qui n'a pas de fille, te trouve incroyablement piquante, et te donne sa bénédiction.

Et tu parviens enfin à croiser son chemin, six mois plus tard, devant le théâtre Mariinsky, alors qu'il attend sa voiture.

Je me demande si tu fumes déjà. Probablement. Tu te diriges vers lui, avec ta démarche conquérante et ton sourire carnassier.

« Vous devez vous souvenir de moi, lors de ce bal costumé ? J'étais venue avec deux oies blanches. »

Bien sûr qu'il se souvient. C'est vrai que tu es irrésistible. Pas jolie, mais sensuelle. Tes yeux, ta bouche. Ta jeunesse. Ton audace.

Tu l'invites à prendre le thé chez tante Stefa. Tu sais très bien que la fortune et la réputation de ton oncle jouent pour toi. Tadeusz Lempicki a certainement dû entendre parler de l'hôtel particulier à trois étages rempli de fleurs, et du train de vie des Sifter. Il accepte. Il entre dans la ronde.

Pendant quelques mois, vous vous croisez ici et là, chez les Youssoupoff, dans leur palais qui donne sur la Moïka, ou à un autre bal masqué où tu danses avec lui. (La joie d'être dans ses bras !)

Mais une grande douleur, la première, bouleverse ta vie.

C'est ta grand-mère Clémentine, que tu aimais tant, qui s'éteint en cette fin 1911. C'est ton enfance qui s'en va. Tu es inconsolable. Ta tristesse est telle que Stefa t'entraîne à Paris pour te redonner le sourire.

Et voilà que Paris te tend les bras. Tu succombes.

Cette ville que tu connais déjà te passionne. Ta famille fréquente de nombreux aristocrates polonais qui se sont installés là, et tu assistes à des réceptions au magnifique hôtel Lambert, sur l'île Saint-Louis, lieu de rendez-vous de la riche communauté polonaise. Ta tante, très occupée par ses essayages chez les grands couturiers, te laisse te promener à ta guise, faire du lèche-vitrines, dévaliser les magasins.

Montmartre et ses ruelles pavées te charment. Mais c'est la rive Gauche qui t'attire comme un aimant. Tu n'aimes rien mieux que t'asseoir à la terrasse des Deux Magots, à Saint-Germain-des-Prés, fumer, et regarder le monde passer.

Ton chagrin est toujours présent, mais Paris sait te charmer.

C'est Montparnasse qui te fascine le plus, ses galeries, ses ateliers, sa vie artistique qui palpite ici avec fièvre. Tu fréquentes l'Académie russe, créée en 1910 par ta compatriote Marie Vassilieff.

C'est ici, dans le quatorzième arrondissement, tu le comprends vite, que se regroupent les artistes de Paris, qu'ils soient français ou étrangers. Beaucoup n'ont pas un sou en poche, la plupart sont encore inconnus, mais tous savent faire la fête. Cela te plaît, décidément.

De retour en Russie, revigorée, tu poursuis le beau Tadeusz de tes assiduités. À chaque soirée, il est désormais ton partenaire privilégié. Les gens s'habituent à vous voir ensemble. C'est vrai que vous formez un beau couple.

Vous vous retrouvez plusieurs fois par semaine, au Chien-Errant, le cabaret en sous-sol de la place des Arts, très prisé des artistes et des écrivains, où vous refaites le monde jusque tard dans la nuit.

Ta famille n'est pas tout à fait emballée par ton idylle. Tu es encore si jeune ! Pourquoi cette précipitation ? Ton chevalier servant n'a pas de travail malgré son diplôme d'avocat. Est-ce vraiment raisonnable de vouloir s'unir à lui ? Ce serait plus prudent de choisir un héritier, un homme capable de t'offrir le train de vie auquel tu t'es habituée depuis ton enfance.

Tu as un goût prononcé pour le luxe, encouragé par tante Stefa, folle de bijoux, toilettes et haute gastronomie. Ton brave oncle Maurice n'a jamais cessé de dépenser pour elle, pour toi, mais qu'en sera-t-il de ton jeune Polonais ? Sera-t-il à la hauteur ?

Tu détestes ce genre de remarque. Tu es amoureuse ! Les autres ne comprennent rien. Tu ne vois rien d'autre que Tadeusz. Tu ne penses à rien d'autre que lui. Tu continues à prendre des cours de peinture à l'Académie des beaux-arts de Saint-Pétersbourg.

Tu te familiarises avec tout ce qui est avant-garde à travers un magazine artistique influent et haut de gamme, *Mir iskousstva* (Le Monde de l'art), fondé par le flamboyant Serge de Diaghilev, impresario et inventeur des Ballets russes. Tu regardes de près le travail des peintres contemporains Benois, Bakst, Serov, Korovine, Somov… Le réalisme est passé de mode, tu le constates. Ce vent nouveau t'intrigue.

Le 28 juin 1914, l'assassinat de François Ferdinand, l'archiduc héritier d'Autriche, et de son épouse, à Saravejo, te passe au-dessus de la tête. Cela te semble irréel et éloigné. Tu es bien loin de voir dans ce fait divers sanglant l'élément déclencheur de la Première Guerre mondiale. Ta famille et les gens de votre milieu sont, comme toujours, parfaitement insensibles aux tragédies qui se déroulent ailleurs.

Les répercussions d'un conflit devenu global quelques mois plus tard ne vous effleurent toujours pas. Il n'y a pas encore de pénurie de nourriture, de pertes de vies humaines. Vous êtes sur votre petit nuage, mais plus pour très longtemps.

Votre ville s'appelle dorénavant Petrograd. Et ton grand frère Stanzi part pour le front. Dieu merci, l'homme que tu aimes avait été réformé lors de son service militaire pour un léger problème au pied. Il n'ira donc pas se battre. Tadeusz ne retournera pas non plus à Varsovie comme prévu, pour commencer cet emploi qui allait l'éloigner de toi. Il restera en Russie.

Et toi, tu fais pression. Sur ton fiancé. Sur ton oncle. Tu ne lâches rien. Cela va faire quatre ans que tu as décidé que cet homme t'épouserait.

Tadeusz Lempicki est dans une situation compliquée, tu le sais. Son père s'est mis à boire et à accumuler les dettes. La ville bruisse de commérages. Tadeusz ne se fait pas prier très longtemps. Il sait que ta famille dispose de grands moyens. Est-il amoureux ? Certainement ! Mais ce qui va tout déclencher, c'est que tu es enceinte.

Là encore, tu génères un flou artistique savant autour de la date et du lieu de ton mariage, ainsi que de la date et du lieu de la naissance de ta fille, tous deux en 1916. Tes biographes ne trouvent pas trace de ton union dans la fameuse « chapelle de l'Ordre-de-Malte » de Petrograd, que tu mentionnes à tout bout de champ. Tu as dû, selon eux, te marier civilement, et plus sobrement, ailleurs.

Quant à ta fille Marie-Christine, surnommée Kizette, tu la fais « apparaître » bien plus tard, en 1918 ou 1919, avec une naissance à Paris.

Tu préfères raconter en long et en large la cérémonie du mariage tout droit sortie d'un conte de fées, les invités d'exception, la traîne immense qui faisait la longueur de la nef, le caviar et le champagne. Et ce couple magnifique que tu formes avec ton nouvel époux.

Je te cite :

« Toutes les robes de mariée devraient ressembler à cela. Vous n'avez qu'une seule chance dans votre vie d'attirer tous les regards, et peu importe que vous soyez belle ou pas. »

Je me demande si tu aurais été l'artiste que tu fus sans la sauvagerie de la révolution russe.

Tu as certes du talent, mais la frivolité de ton quotidien te maintient dans un cocon d'héritière gâtée. Jusqu'en 1917, tu ne vois pas plus loin que le bout de ton nez. Tu n'as pas besoin de gagner ta vie. Tu n'as jamais eu de problèmes d'argent.

Jeune mariée épanouie, tu ne sais pas encore que votre monde doré va sombrer dans le chaos.

Je voudrais te faire une confidence, Tamara.

Je ne porte pas ce prénom russe par hasard. Il a été choisi par ma grand-mère paternelle, Natacha de Rosnay, née Koltchine.

Celle que j'appelais « Mamou » est née à Saint-Pétersbourg en 1914. Son père était un militaire, et sa mère, Natalia Rachevsky, née en 1893, était actrice.

Je me dis que Natalia a dû te croiser, sur la perspective Nevsky, au café du Chien-Errant, ou au théâtre. Les photos de Natalia, mon arrière-grand-mère, montrent une belle femme aux pommettes hautes et au regard clair.

Cela me plaît, cette idée que vous auriez pu vous connaître.

En 2012, je suis allée à Saint-Pétersbourg voir ma famille russe. Avec les nièces de ma grand-mère, nous nous sommes rendues sur la tombe de « Tatoulya », notre aïeule Natalia Rachevsky, au cimetière Bogoslovskoïe, situé dans le quartier nord de la ville. C'était au mois de novembre, et les arbres avaient perdu leurs feuilles, mais j'imaginais aisément les lieux parés de vert au printemps.

L'endroit était désert, silencieux. Les pierres tombales étaient surmontées de croix orthodoxes, et la plupart décorées de médaillons des défunts. Les allées étaient longues et arborées. L'air embaumait l'humus. Tous ces visages, tous ces yeux. Et puis soudain, le profil majestueux et volontaire de « Tatoulya », en blanc sur fond noir.

« Tatoulya » fut l'une des premières actrices soviétiques à venir en France, au début des années 1960. Hélas, c'était juste avant ma naissance, je ne l'ai pas connue. Elle était metteur en scène au théâtre Pouchkine de Leningrad, qui s'appelle aujourd'hui le théâtre Alexandrinski.

Lors de ce séjour à Saint-Pétersbourg, j'ai beaucoup pensé à l'héritage russe qui coulait dans mes veines. En marchant dans les rues de la ville, j'ai essayé d'imaginer ce qu'avait pu être le chaos de 1917 pour ma famille. Mais la ville a changé. Elle porte à peine les stigmates du passé.

Je suis allée voir la maison de Pouchkine, sur le canal de la Moïka. Il est décédé dans son bureau en janvier 1837, à l'âge de trente-sept ans. Il s'était battu avec un baron français qui courtisait son épouse. Je suis restée longtemps dans cette grande pièce remplie de livres. Il paraît que le fauteuil qu'on peut y voir est vraiment celui où Pouchkine est mort.

Ce jour-là, je suis partie sur les traces de trois autres écrivains, dont Vladimir Nabokov, ton contemporain, né en 1899. Rue Bolchaïa

Morskaïa, sa haute et grande maison d'enfance abrite désormais la rédaction d'une revue. Quelques pièces font office de musée. On peut y admirer sa machine à écrire, son pince-nez, son Scrabble et sa collection de papillons sous verre. Je me demande si tu aimais lire. As-tu dévoré *Lolita*, comme moi ?

Rue Kouznetchny Pereoulouk, dans la dernière demeure de Fiodor Dostoïevski, règne une ambiance mystique et feutrée. Sur son grand bureau, la flamme d'une bougie tremblote. C'est là que l'auteur des *Frères Karamazov* est mort d'une embolie pulmonaire, en 1881.

C'est l'appartement d'une femme qui m'a le plus touchée, celui de la poétesse Anna Akhmatova, sur les quais de la Fontanka. Elle avait quelques années de plus que toi. Vos chemins aussi ont dû se croiser. C'est depuis ce refuge paisible qu'elle connut la révolution, la guerre civile, la terreur politique, tout ce qui t'attendait.

Comme toi, j'étais très proche de ma grand-mère. Il n'y avait pas plus russe qu'elle.

« Mamou » avait quitté son pays à cause de la révolution, comme toi. Elle avait grandi en France, à Meudon, sans perdre son accent, sa façon de rouler les « r ». Elle n'était pas une grand-mère classique.

Avec elle, j'ai appris à boire de la vodka, fumé mes premières cigarettes et dansé le tango. Tu l'aurais aimée, je pense. « Mamou » nous a quittés en février 2005, à presque quatre-vingt-dix ans. Le jour de son enterrement, dans le petit cimetière bourguignon, la neige est tombée à gros flocons tourbillonnants, comme pour saluer celle qui était née sur les rives de la Neva.

Natacha n'est pas retournée sur sa terre natale. Elle n'a jamais revu Saint-Pétersbourg.

Toi non plus.

A
COMME AMBITIEUSE

« The day was too short.
Sometimes I went out in the evening
and came back at two o'clock
in the morning and painted till six. »

Tamara de Lempicka

Les journées étaient trop courtes.
Parfois, je sortais le soir
et revenais à deux heures du matin
et je peignais jusqu'à l'aube.

En octobre 1917, tout bascule pour toi.

Tu ne peux plus fermer les yeux sur ce qui se passe depuis l'hiver dernier, glacial et meurtrier, ni depuis le printemps sanglant : les manifestations, les exécutions, les émeutes, et, surtout, l'abdication du tsar Nicolas II, sa succession houleuse et l'abolition de la monarchie.

Une vaste majorité de la population n'a pas de quoi se chauffer, de quoi se nourrir. Les prix flambent. Les proches quittent la ville, en panique. Tu confies ta fille à ta mère, à Moscou. Tous craignent ce nouveau parti bolchevique, avec à sa tête le très déterminé Lénine. L'Empire russe s'est effondré comme un château de cartes. Autre terrible nouvelle, ton frère Stanzi est porté disparu.

Ton oncle et ta tante s'apprêtent à fuir au Danemark, où ils ont fait transférer leurs biens financiers. Ta mère et ta fille iront les rejoindre plus tard. Tous te supplient de venir.

Toi, tu fais confiance à ton mari et à son cercle. Tadeusz est persuadé que le tsar retrouvera son trône. Pour lui, il n'y a pas lieu de s'inquiéter. Il faut simplement attendre que la crise passe.

Tu préfères rester dans le confort encore précaire de votre joli appartement de la rue Zhukovskii, en centre-ville. Tu tiens à cette décoration cossue qui montre ton rang : les bibelots, les tapisseries, les nombreux cadeaux de mariage. Ton oncle a veillé à ce que tu ne manques de rien.

Mais plus le temps passe, plus l'angoisse monte. À deux pas de chez toi, une foule enragée détruit la maison d'une protégée du tsar déchu. La terreur règne dans les rues.

Et en octobre, ce que tu crains le plus arrive. La Tcheka, la redoutable police politique, frappe à votre porte en pleine nuit et la défonce. Selon toi, vous étiez en train de faire l'amour. (Tu aimes bien préciser ce point spécifique.)

Ton mari est accusé d'être un espion à la solde du tsar. Les soldats mettent à sac votre appartement, raflent des objets de valeur. Impuissante, à moitié nue, tu regardes Tadeusz se faire menotter et embarquer. Pour la première fois de ta vie, tu as peur.

Lorsqu'elle apprend l'arrestation de ton mari, ta famille t'implore de venir la retrouver à Copenhague. Mais pour toi, il est hors de question de quitter Petrograd tant que Tadeusz est prisonnier. Personne ne sait où il est, ni dans quelle geôle il a été emmené.

Vêtue d'habits modestes qui n'ont rien à voir avec ce que tu portes d'habitude, tu écumes chaque endroit où il pourrait être retenu. Il neige, il fait froid, tu serres les dents. Tu te retrouves seule, sans famille, sans domestiques, dans un logement glacé, sans nourriture, dans une ville engluée dans l'effroi.

Retrouver Tadeusz, c'est tout ce qui compte.

Tu te rends du côté des ambassades et des consulats, près de la rue Millionnaïa. Tous ces gens-là te connaissent, tu les as croisés dans des bals, dans des dîners, avec ton mari. Comme dans une autre vie. Tu frappes à beaucoup de portes, mais tu n'obtiens pas de réponse.

Il y en a un pourtant qui veut bien t'aider. Le consul de Suède. Il t'écoute attentivement, tout en dégustant un repas appétissant qui te fait saliver. Tu te sens faible car tu n'as rien mangé depuis plusieurs jours. Mais tu te tiens droite, tu poursuis ton discours.

Le consul te contemple. Tu as une vingtaine d'années, tu es divinement fraîche, tu n'as pas l'air farouche. C'est courageux, ce que tu fais pour tenter de retrouver Tadeusz, très courageux.

Surtout par les temps qui courent. Le danger rôde partout.

Tu ferais mieux de décamper, dit-il, de quitter Petrograd. Il se chargera de retrouver ton mari. En attendant, la meilleure chose serait que tu te rendes en train sur la frontière finlandaise, où tu seras en sécurité. Le consul te fera fabriquer un faux passeport suédois. Pas question de parler russe ni polonais à bord du train. Juste français. Ton mari te rejoindra plus tard.

Tu écoutes cet homme. Il a décidé de t'aider, mais tu commences à comprendre.

Tout a un prix. Tout.

Et le prix à payer pour la liberté de Tadeusz, c'est toi.

Ta vie est un roman, Tamara.

Nul besoin d'inventer, de broder. Tout y est.

J'imagine les quelques nuits passées avec le consul de Suède pour obtenir la libération de ton mari.

Les draps froissés. Ce corps étranger. Ton dégoût. Mais ta détermination, aussi.

Puis, ce voyage dans un train à la cadence lente.

Un train dont chaque wagon est estampillé d'un symbole qui te fait frémir : la faucille et le marteau.

Un train où tu as peur, où tu as froid.

Les paysages enneigés, gris et gelés.

Le pas lourd des soldats de l'Armée rouge à chaque arrêt, à chaque gare.

Une fois arrivée en Finlande, tu dois encore prendre le bateau pour rejoindre Copenhague, où ta famille t'attend. Tu préfères rester discrète sur comment tu as réussi à quitter Petrograd. Tu attends des nouvelles de ton mari. Le consul de Suède tiendra parole.

Lorsque tu retrouves enfin Tadeusz, quelques mois plus tard, tu constates à quel point il a changé.

Ce n'est plus le jeune homme fringant et séduisant, celui qui te faisait virevolter dans tes belles robes. Non, ce nouveau Tadeusz est sinistre, taciturne, amer. Il boit plus que de raison. Il se montre parfois violent. Tu n'apprécies guère cette attitude. Tu as tant fait pour lui ; tu as vécu une telle angoisse. Il te déçoit. Tu ne l'admires plus. Tu le trouves pathétique. Quelque chose s'est cassé.

Ton oncle et ta tante, comme bon nombre de leurs amis, sont convaincus que leur vie reprendra comme avant, dans le luxe et l'aisance. Ils pensent que leur séjour ici sera bref, que, bientôt, ils rentreront chez eux. Ils se moquent du pouvoir en place, de tous ces communistes qui règnent à présent sur votre pays. Comme ces gens-là sont laids ! Comme ils manquent de grandeur !

Mais toi, tu te montres plus prudente. Tu n'as pas oublié ce que tu as vu à Petrograd. La souffrance, la famine, la barbarie. Tu préfères regarder devant. Et tu te demandes déjà comment survivre dans ce nouveau monde hostile.

Ton oncle Maurice est bien forcé de faire de nouveaux plans, en ce printemps 1918. Retourner en Russie ou en Pologne est encore bien trop risqué. Il pense que Paris serait un bon compromis. En attendant que les événements se calment, il organise le voyage.

Mais à peine êtes-vous arrivés en France que tombe une terrible nouvelle.

Le tsar et sa famille ont été assassinés à Ekaterinbourg, dans la nuit du 16 au 17 juillet 1918. Nicolas II, son épouse, ses quatre filles, son fils, son médecin et ses domestiques ont été massacrés dans le sous-sol de la maison Ipatiev, sur ordre du chef local de la Tcheka. Tout a changé pour toi, en l'espace d'un an. Ta vie privilégiée qui ressemblait à un conte de fées n'est plus.

Tu ne vas plus pouvoir compter sur tes proches pour survivre. Tu vas devoir ne compter que sur toi-même.

Mais ça, Tamara, tu ne le sais pas encore.

Une humiliation, cette arrivée à Paris !

L'inconfort de la minuscule pièce sous les toits, que tu partages avec ton mari et ton enfant. La promiscuité, la chaleur.

Les biographes ne mentionnent pas l'adresse exacte de votre logement déplorable, mais ce n'est certainement pas dans les quartiers que tu affectionnes.

Comme tu dois souffrir, toi qui n'as connu que le luxe.

Tadeusz, au chômage, arrimé à sa bouteille, le regard mauvais, est en pleine déprime.

Paris semble crouler sous le flot des refugiés comme vous, des gens accablés, perdus, fuyant leur pays en ruine, mais qui croient encore dur comme fer à leurs privilèges, à leurs traditions.

Vous vivez sur la revente de bijoux que vous avez réussi à trimbaler avec vous, dissimulés dans vos affaires, cousus dans des poupées de chiffon.

Tante Stefa a monnayé ses joyaux pour aider Malvina, ta mère, et ta sœur Adrienne, à trouver un domicile, rue Paul-Saunière, dans le seizième, près de la rue de Passy. Ta maman ne se remet pas de la disparition de son fils, dont on n'a pas retrouvé le corps. Adrienne, elle, étudie aux Beaux-Arts. Elle travaille d'arrache-pied, veut devenir architecte, entrer à la prestigieuse École spéciale d'architecture, boulevard Raspail. Ta sœur est plus calme, plus raisonnable que toi. Elle n'a pas ta soif de gloire, de reconnaissance. Tu l'admires, ta sœur. Tu l'écoutes. C'est peut-être une des seules personnes que tu écoutes vraiment.

La France est encore en guerre, le cessez-le-feu ne sera pas signé avant le 11 novembre. Il y a toujours des soldats dans la rue, des sirènes qui hurlent la nuit et qui font pleurer la petite Kizette, deux ans.

Tu parles bien français, même si ton accent slave trahit tes origines. Comme toi, toute ta famille parle bien français. C'est utile, par les temps qui courent.

Petit à petit, à force d'investissements perspicaces, notamment au Crédit Lyonnais, ton oncle Maurice parvient à recréer un foyer parisien digne de son standing passé. Le spacieux appartement des Champs-Élysées accueille tous les Russes blancs de la capitale. Cela n'a pas encore le faste de Saint-Pétersbourg, mais ça n'en est pas loin.

Tu aimes assister aux thés et cocktails mondains chez ta tante, mais tu préfères de loin filer rive Gauche et traîner dans les rues animées.

C'est au croisement du boulevard du Montparnasse et du boulevard Raspail qu'il faut être. C'est là que se trouvent les cafés à la mode, fréquentés par les artistes du moment. Depuis que l'armistice a enfin été prononcé, 1919 s'ouvre sous des auspices plus radieux. Une effervescence est en train de naître à Paris, à Montparnasse, et tu la sens frémir dès que tu débarques dans le quartier.

C'est quoi, exactement ? Tu ne saurais dire, au juste. La promesse de toutes sortes de choses, des chances à saisir, des opportunités.

Un nouveau vent de liberté qui te plaît.

Non, tu n'as pas envie de rester dans ta chambre exiguë à subir les pleurnicheries de la petite, les geignardises de ton mari. Tu préfères ces rencontres trépidantes au carrefour Vavin, découvrir ces gens frivoles et drôles qui, comme toi, ont envie de sortir et faire la fête.

Paris semble regorger de jeunes femmes de ton âge qui fument, dansent, s'amusent et ont envie de devenir artistes. Pourquoi pas toi ?

À l'arrivée du printemps, tu vends une grosse bague en émeraude, une des dernières, et tu emmènes Kizette sur la Côte d'Azur, laissant ton mari sur place. Tu lui expliques que tu as besoin de te changer les idées, de prendre l'air. Il t'épuise, à force de ne rien faire, de se lamenter, et de boire. Tu ne sais même pas comment vous allez faire pour joindre les deux bouts. Vous prenez le train pour Nice, en quête de chaleur. Peu importe que vous soyez logées dans un hôtel une étoile qui héberge d'autres refugiés russes déshérités. Tu es au soleil, et tu revis.

Je regarde cette photo de Kizette et toi sur la promenade des Anglais. Tu portes un grand chapeau et ton sourire est immense. Celui de la petite que tu tiens par la main, aussi. Tu sembles heureuse. Tu ne ressembles pas à ce que tu vas bientôt devenir, la créature sophistiquée et glaciale qui pose avec son porte-cigarette dans ses doigts gantés.

Je vois une jeune maman radieuse qui sourit à la vie.

Ta joie est de courte durée. À ton retour, il y a une nouvelle scène éprouvante avec ton mari. Non, il ne veut pas travailler ! C'est un noble, il te le rappelle : il n'a jamais travaillé. Ce n'est pas maintenant qu'il va commencer. Il te frappe, encore une fois. Une fois de trop.

Le temps passe et rien ne s'arrange. Tu ne supportes plus ton mari, ta vie. Tu as l'impression de devenir folle.

Enfin, un jour de 1920, tu te confies à ta sœur. Tu t'effondres. Tu n'en peux plus. Ton mari boit et te bat. Vous n'avez pas un sou. C'est intolérable.

Adrienne te console tendrement.

(Je me demande où se passe cette scène décisive qui a tant d'importance dans ta vie. Dans une soirée ? Dans un café de Saint-Germain ? De Montparnasse ?)

La main de ta sœur, posée sur ta joue, sur ton épaule.

Et puis ces mots qu'elle te murmure, et qui vont tout changer :

« Mais tu dois travailler, Tamara. Tu dois gagner ta vie. Regarde, moi, j'étudie pour devenir architecte. »

Tu la dévisages. Travailler ? Et pour faire quoi ? Tu ne sais rien faire ! Quelle mouche a donc piqué ta sœur ?

Adrienne garde son calme. Elle dit que tu n'as qu'à prendre des cours de peinture, dans un de ces ateliers d'artiste, à Montparnasse. C'est gratuit. Elle dit que tu as un talent fou. Il suffirait que tu t'y mettes, vraiment. Une ou deux années d'études, et tu pourrais vivre de ton art.

Tu la regardes, stupéfaite.

Tu te sens galvanisée. Et si ta sœur avait raison ?

Tu commences à réfléchir. S'il n'y avait pas eu cette révolution, cette guerre, si ton mari avait été un héritier, sans doute serais-tu restée une princesse choyée. Mais maintenant, tout a changé.

Cela fait trop longtemps que tu mènes une vie qui ne te convient pas. Ton mariage, ta fille, ton mari, ce ne sont plus tes priorités.

Ta priorité, c'est devenir une artiste, une vraie, et vivre de ton art.

C'est ce que tu voulais, petite fille, quand tu t'habillais en grande dame. Tu voulais que tous les yeux soient braqués sur toi. Mais pas seulement parce que tu « en jetais », ni parce que tu avais « du chien ». Non, rappelle-toi, parce que tu as toujours voulu briller.

Ton rêve, c'était, et c'est toujours, de devenir célèbre dans le monde entier.

Ne plus jamais être dans le besoin. Ne plus subir l'étroitesse du cagibi dans lequel vous vous entassez et le lavabo commun. Ne plus porter ces tenues bon marché.

Tu fonces chez le coiffeur, tu te fais couper les cheveux. Court, comme les belles garçonnes de Montparnasse, celles qui dansent toute la nuit.

Dans le miroir, tu découvres une nouvelle femme, moderne, sensuelle, et libre.

C'est toi. En route pour la gloire.

Ce jour-là, tu te fais une promesse : tu vas te battre pour réussir, et tu vas réussir. Tu as cette faim-là.

Elle ne te quittera plus.

Mon Dieu, comme tu es ambitieuse ! Tu es un rouleau compresseur. Rien ne t'arrête.

Maintenant que ta décision est prise, tu avances à grande vitesse : ta fille confiée à ta mère et à ta sœur, ton mari livré à lui-même.

Depuis 1921, vous vivez au 1, place Wagram, au dernier étage d'un bel immeuble haussmannien du dix-septième arrondissement. C'est un studio, et ce n'est pas grand, mais c'est bien mieux que l'horrible soupente, et le quartier est huppé.

La place Wagram n'a pas dû tellement changer, depuis ton époque. Au numéro 1, ton immeuble en pierre de taille se dresse avec fierté. Du trottoir, je regarde les chiens assis du cinquième et dernier étage. C'est là que tu vivais. Je ne sais pas si ton studio donnait boulevard Malesherbes ou avenue de Wagram, et pas moyen de le savoir. Je ne sais pas si ta fenêtre était celle qui surplombe la façade, entourée d'un petit fronton de pierre. Mais je sais que ta main a poussé cette lourde porte cochère en bois, et cela me plaît de mettre mes pas dans les tiens, ne serait-ce qu'un instant.

En deux ans à peine, tu progresses, d'une façon fulgurante. Tu t'inscris tout d'abord à l'académie Ranson, rue Joseph-Bara, dans le sixième arrondissement, dirigée par la veuve de Paul Ranson, peintre fauviste disparu en 1909. Maurice Denis et Paul Sérusier, artistes réputés du groupe des nabis (« prophètes » ou « inspirés de Dieu »), y enseignent. Pour eux, peindre revient à s'éloigner de la nature en offrant un équivalent coloré et chatoyant.

Mais tu diras de Maurice Denis plus tard qu'il ne fut ton professeur que pour quelques semaines et que tu cherchais tes « propres idées ». Tu n'as pas envie d'épouser les siennes. Tu te sens déjà à part, différente. Pas question qu'on te dicte ce que tu dois faire. C'est un maître intransigeant, méthodique. Ça non plus, tu n'aimes pas. Mais tu te plies à ses directives car tu veux apprendre. Il te fait travailler le dessin, la nature morte, le choix des couleurs. Tu lui dois bien plus que tu ne veux l'admettre.

Chaque jour, tu prends le métro, de Wagram à Vavin, en changeant à Saint-Lazare, pour te rendre à tes cours.

Tu sais déjà dessiner à la perfection. Rien à redire sur la finesse de ton trait. Les natures mortes n'ont pas de mystère pour toi. Tu te concentres alors sur la nouveauté de peindre des corps nus. Les modèles défilent à l'académie, s'asseyent, s'allongent, s'étirent.

Vous êtes une vingtaine par classe, vêtus de blouses de travail, devant votre chevalet. Tu aimes ces odeurs de solvant et de peinture, tu aimes la concentration silencieuse qui règne dans ces lieux.

Dès que tu as du temps libre, au lieu d'aller retrouver tes nouveaux amis au café, tu vas au Louvre, pour étudier les tableaux flamands et italiens, la position des mains, le port de tête. Ce qui t'obsède, c'est le sens de la lumière et de la couleur, comme lorsque tu étais enfant, au bras de ta grand-mère.

Tu veux percer les secrets de ces grands maîtres. Tu veux utiliser la couleur exactement comme ils le faisaient, avec toute cette brillance, cet éclat. Tu passes des heures devant les tableaux d'Ingres, absorbée par ce somptueux étalage de chair et ses nuances infinies. Cézanne et sa palette verdâtre et marronnasse, ça ne te plaît guère. Tu as soif de modernité, d'audace, tout en respectant les codes des peintres d'antan.

Dans un carnet de dessin, tu consignes tout. Tu reviens, chaque jour, et tu esquisses encore et encore. Les gardiens ont appris à reconnaître la grande blonde charpentée que tu es, ta façon de t'asseoir devant chaque œuvre comme si tu voulais te l'approprier. Comme tu leur parais déterminée, et comme ton regard est impressionnant.

Tu examines longuement le portrait du jeune homme à la statuette, de Bronzino. Tu détailles l'élégance de la pose, l'attitude des mains, le raffinement de la longue redingote noire.

Devant *La Grande Odalisque* d'Ingres, tes yeux friands repassent encore et encore sur la ligne sinueuse de l'échine, la peau opaline, l'arrondi sensuel des fesses.

Le soir, chez toi, même si tu as mal au dos à force de travailler, tu recopies consciencieusement des peintures qui figurent dans tes livres d'art. Tu fumes déjà cinquante cigarettes par jour. Tu ne t'en déferas jamais. Pour te calmer les nerfs et trouver le sommeil, tu abuses de tisanes à la racine de valériane.

Tu t'intéresses de près au travail des cubistes français, dont un certain Albert Gleizes, qui incorpore les volumes ultramodernes de l'horizon new-yorkais à ses toiles. Plus tard, tu feras de même, tu introduiras des décors constellés de gratte-ciel derrière tes modèles.

Mais celui qui t'influence le plus, et tu veux bien l'admettre, c'est le peintre cubiste André

Lhote. Il te prend sous son aile, pour quelques mois, en 1922. Tu aimes travailler avec lui. Tu te rends chaque jour dans son atelier de la rue d'Odessa, à Montparnasse. Tu t'inspires de son regard, de ses portraits, de ses perspectives.

C'est lui qui t'enseigne la technique. Considéré comme le père d'un nouveau cubisme, Lhote donne ses cours de façon théâtrale, et cela te plaît. Ses élèves, dont toi, sont tous réunis sur une galerie qui surplombe la grande pièce centrale. En bas, le maître des lieux s'adresse à vous, comme un acteur sur la scène. Il te laisse explorer ton propre chemin. Il ne te force pas à faire comme les autres. Tu apprécies.

Il n'a rien de pédant, ton professeur. C'est un autodidacte, un instinctif. Pour lui, instruire, c'est découvrir et faire découvrir. Pas donner des leçons.

C'est chez Lhote que tu commences enfin à entrevoir ta propre voie : celle de modifier les paramètres du cubisme, tout en y apportant ton estampille néo-classique, inspirée des nus d'Ingres, qu'il aime comme toi, et des maîtres de la Renaissance, qui t'envoûtent depuis ton enfance.

Tu prends le même chemin que lui : un certain classicisme, mâtiné d'une sensualité audacieuse et froide, comme si tu te tenais à distance de tes modèles.

Je regarde *Le Baiser*, que tu peins en 1922. L'héritage de ton professeur est bien là : une savante géométrie composée de triangles, sur fond citadin. L'homme porte un haut-de-forme et une écharpe ivoire, la femme ferme les yeux, en extase. Ses lèvres rouges sont entrouvertes, exposant des dents blanches.

Des portraits, oui, bien sûr. Mais pas de n'importe qui ! Des gens beaux, des gens riches. Des gens puissants. Une touche résolument contemporaine, certes, mais sans jamais renoncer à ce que tu as appris des classiques, à ce qu'ils t'ont légué.

Dans le même immeuble que le tien, place Wagram, à un autre étage, vit une jeune femme piquante, brune aux reflets roux, aux yeux noisette. De très longs cils. Tu la croises souvent dans le vestibule.

Elle est jolie. Elle s'appelle Ira Perrot. Elle évolue dans un certain luxe.

Modèle à ses heures, elle aime poser pour des peintres.

Un matin, tu proposes spontanément de faire son portrait. Elle accepte.

Tu la peins dans une jolie robe bleue qui dénude une de ses épaules. Ira semble un peu décoiffée, comme si on venait de passer une main passionnée dans ses cheveux.

Je me demande qui a fait le premier pas.

Qu'importe.

C'est ainsi que débute cette histoire d'amour secrète et sensuelle. Personne ne sait rien. Ni ton mari, ni ton entourage.

Qui pourrait se douter ?

Ira t'emmène en Italie, revoir tous les tableaux que tu aimais tant, et que tu admires différemment à présent, maintenant que tu peins chaque jour avec tant de passion.

Avec Ira, tu découvres que tu aimes l'amour, aussi bien avec les femmes qu'avec les hommes. Tu n'en as pas honte, mais tu gardes cette vie amoureuse pour toi.

Pour le moment. Viendra le temps où tu te ficheras de ce que pensent les autres.

Ira Perrot t'inspire, et pas seulement de façon charnelle.

Elle te portera chance, car un de tes portraits d'elle, avec la robe bleue, sera celui grâce auquel on te remarquera pour la première fois, lors du Salon d'automne de 1922. C'est une prestigieuse exposition d'art qui se tient chaque année à Paris depuis 1903, au Grand Palais. Tu y exposes pour la première fois, parrainée par Maurice Denis, ton ex-professeur, et ta sœur Adrienne, en passe de devenir une architecte éminente, tous deux membres du comité de sélection.

Tu feras plusieurs portraits d'Ira, et elle restera proche de toi pendant de longues années.

Baron et baronne de Lempicka. 5, rue Guy-de-Maupassant, Paris seizième.

Ça en jette, non ? Ça claque, ça fait chic. Ce n'est pas la rive Gauche, mais qu'importe !

Ton mari, certainement stimulé par l'opiniâtreté avec laquelle tu mènes ta carrière artistique depuis 1919, s'est enfin trouvé un travail, à la Banque de Commerce. Il ne gagne pas un salaire énorme, mais son moral s'améliore, et tu le regardes avec moins de mépris. La bonne nouvelle, c'est que vous allez enfin pouvoir déménager pour plus grand et quitter le studio de la place Wagram. C'est important pour toi de vivre dans un endroit digne de ton art, de qui tu es.

Tu jettes ton dévolu sur un joli trois-pièces dans une petite rue paisible près de l'avenue Paul-Doumer. Ta mère et ta sœur habitent à deux pas, rue Paul-Saunière. Tu n'hésites pas à flirter outrageusement avec le propriétaire de l'appartement afin que celui-ci se débarrasse d'un locataire encombrant pour te laisser la voie libre. « Votre femme, elle m'a eu jusqu'au trognon », confiera plus tard le propriétaire à ton mari.

La calme rue Guy-de-Maupassant, elle aussi, doit beaucoup ressembler à celle que tu as connue de 1923 à 1930.

Décidément, j'aime te suivre à la trace. Je me sens étrangement près de toi.

C'est toi qui peins le salon en gris, et la chambre de Kizette en rose. Tu travailles dans le salon, et c'est parfait, l'exposition est plein nord. Tu choisis des meubles raffinés, modernes.

Chaque jour, tu crées avec fièvre. Le temps de ton apprentissage est terminé. Tu voles de tes propres ailes. C'est fini, les cours dans les ateliers de peintre.

Tu te lances dans des séries de portraits. Au début, ce ne sont pas des gens connus. Tu puises dans tes rencontres au gré des jours, des nuits : des nobles italiens, un Chinois, une famille d'Espagnols. Tu fais le portrait d'une artiste libanaise, Bibi Zogbe, dont le visage arrondi et les yeux écarquillés t'interpellent. Ira dans une robe noire, qui tient un livre rouge. Tu peins une femme nue endormie, une autre assise sur une chaise. Un groupe de musiciennes dénudées, aux lèvres vermeille.

Tu produis des natures mortes presque à la chaîne, encore et encore. Tu t'appliques avec une concentration terrible. Tu fais une jolie image d'un studio de peinture : des murs mansardés, une lucarne par laquelle on aperçoit les toits gris de Paris et un ciel maussade, des étagères au-dessus d'un placard bleu, un bougeoir, une bouteille de vin, quelques livres.

Une fois, tu craques devant les religieuses appétissantes que tu avais achetées pour les peindre. Ni une, ni deux, tu les avales goulûment. Tu n'aimes pas résister.

L'influence cubiste se voit. Un style se dessine. Ce n'est pas encore le tien, celui qui fera ta renommée, mais c'est prometteur.

Tu n'hésites pas à faire visiter ton salon-studio à des amis peintres, des curieux, des admirateurs. Tu as remarqué que plus tu es élégante, blonde, froide, posée, plus ils sont impressionnés. Tu ne manques pas de culot. Tu te rends dans des galeries en vogue, à Saint-Germain-des-Prés avec plusieurs de tes portraits sous le bras. Évidemment, tu es habillée de façon très sophistiquée. Tu portes un petit béret, un tailleur ajusté, des talons. Tu te présentes avec le sourire.

« Bonjour, je suis une jeune artiste, je ne suis pas encore connue, mais j'aimerais vous montrer mon travail. »

Avant même d'attendre la réponse, tu dévoiles un portrait.

Une fois sur deux, ça marche, on te prend un tableau. Comment te résister ? On te demande si tu en as d'autres, si tu travailles vite. Tu réponds oui, et oui encore.

Ta grande fierté, c'est ce qui se passe dans une des galeries qui ont accepté de vendre ton travail. Tu es sur place, en train de discuter avec la directrice, lorsqu'un couple entre.

Le couple demande si la directrice possède des Marie Laurencin. Un moment d'hésitation.

Puis la directrice dit, sans te regarder :

« Non, je n'ai pas de Marie Laurencin, mais j'ai des Tamara de Lempicka. »

Sur un chevalet, elle place deux de tes portraits.

Transie, tu observes le couple en train d'évaluer tes tableaux.

Ils prendront les deux, sur-le-champ, sans jamais savoir que la jeune artiste se trouvait dans la même pièce.

Pour chaque paire de tableaux vendue, tu t'achètes un bracelet en guise de récompense. Et il faudra vite que cette rangée dorée monte jusqu'au coude.

Je vais te faire une nouvelle confidence, Tamara.

Mon grand-père était peintre, comme toi.

Il s'appelait Gaëtan de Rosnay. Il était l'époux de Natacha, ma grand-mère russe.

Il est né en 1912, à l'île Maurice. En 1930, il s'inscrit à l'atelier de Paul Colin, l'auteur des célèbres affiches pour la Revue nègre et Joséphine Baker. Il y croise comme toi des artistes venus du monde entier. Plus tard, après la Libération, il se lie d'amitié avec un groupe de jeunes peintres contemporains, Gruber, Montané, Verdier, Aïzpiri, Savary. Il fait partie d'un mouvement artistique d'après-guerre appelé le misérabilisme, qui inclut d'autres peintres comme Jean Jansem, Michel de Gallard et Bernard Buffet. Leur vision est austère, désenchantée, un peu désespérée. Plus tard, mon grand-père trouve son propre chemin vers la couleur qui illuminait ses toiles.

Quand j'étais petite fille, je faisais parfois la sieste dans la pièce qui lui servait d'atelier. J'ai un souvenir très précis de l'odeur particulière de l'essence de térébenthine.

J'aimais plus que tout regarder mon grand-père travailler. Il ne fallait pas faire de bruit.

Il peignait chaque après-midi, après sa courte sieste. Il portait un grand tablier ; ses lunettes pendaient au bout de son nez. Il écoutait de la musique classique sur une vieille radio.

Parfois, mon grand-père restait debout pendant de longs moments, simplement à contempler la toile. Je me demandais toujours ce qu'il voyait. Il devait percevoir des formes qu'il était le seul à distinguer.

Les débuts étaient le plus fascinant pour moi. Il dessinait au fusain, faisait apparaître un visage, un paysage. Sa main était sûre, ses gestes étaient vifs, jamais hésitants.

Mais l'aspect le plus intéressant à mes yeux était de le regarder travailler avec les couleurs. Par petites touches, il étalait, il sculptait la pâte, la déposait de façon à créer un relief.

J'imagine que tu n'employais pas du tout les mêmes méthodes, mais ta fille Kizette a dû sentir ces mêmes odeurs, a dû te voir travailler avec la même concentration. Partir dans un autre monde.

Ce monde artistique qui n'appartenait qu'à vous et dont nous n'avions pas la clé.

M

COMME MAGNÉTIQUE

« For my inspiration,
I liked to go out in the evenings
and have a good-looking man tell me
how beautiful I am or how great an artist I am. »

Tamara de Lempicka

Afin de trouver l'inspiration,
j'aimais sortir le soir, et qu'un bel homme
me dise combien j'étais belle,
ou à quel point j'étais une grande artiste.

Toutes les nuits, Paris s'enflamme au rythme du jazz et du charleston, et tu ne veux pas en rater une miette. Pour rien au monde tu ne manquerais les soirées au Jockey, le nouveau cabaret-club au coin du boulevard du Montparnasse et de la rue Campagne-Première, où l'on s'entasse sur la minuscule piste de danse.

Ton Montparnasse est cosmopolite. On y parle américain, yiddish, polonais, russe, italien, espagnol. On y parle haut, on y parle fort. Les terrasses des cafés sont bondées. On boit. On s'étourdit. On rit. On danse. On vient écouter chanter Kiki, l'égérie du quartier, la reine de Montparnasse, maîtresse du photographe

Man Ray. On suit le mouvement avec le dessinateur Pascin, surnommé le « Prince de Montparnasse ». Il est de tous les bals, cabarets, soirées déguisées, fêtes et banquets. Comme lui, comme tous les autres, tu viens oublier ce qu'a laissé la guerre, oublier les soucis.

Les nouvelles automobiles aux carrosseries rutilantes vrombissent comme des fauves le long des boulevards. Comme tu aimes cette époque folle et moderne ! C'est toi. C'est ton univers.

Gabrielle Chanel révolutionne la mode féminine avec des jupes courtes, des lignes épurées. C'est fini, les corsets, c'est pour les grand-mères ! Cette simplicité étudiée n'est pas tout à fait à ton goût, car tu es grande et voluptueuse, et tu préfères des tenues plus sophistiquées pour te mettre en valeur. Mais tu apprécies ce vent de liberté et de modernité qui autorise une femme à montrer ses genoux, à couper ses cheveux encore plus court.

Le Tout-Paris bruisse du récent scandale retentissant concernant *La Garçonne*, roman de Victor Margueritte paru en 1922, traité de « livre de bidet ». L'auteur a même été déchu de sa Légion d'honneur parce qu'il a osé décrire la vie d'une femme émancipée. Toujours est-il que le roman connaît un vif succès et sera traduit dans une douzaine de langues.

Ton programme quotidien ne varie pas. Tu travailles la matinée entière, tu déjeunes avec ton mari et ta fille, tu t'y remets l'après-midi, et dès la nuit venue, tu te rends avec trépidation dans les cafés peuplés de Montparnasse. Le Dôme, La Rotonde, La Coupole, Le Select, La Closerie des Lilas, voilà ton monde. C'est ici que tu veux régner.

Ces « laboratoires artistiques » sont les véritables points cardinaux de tes soirées, lieux de rencontre animés où se croisent artistes, étudiants, peintres, écrivains, éditeurs, journalistes et touristes.

La Rotonde, située au croisement des boulevards Raspail et Montparnasse, est considérée comme la plaque tournante du secteur, sans doute à cause de son patron charismatique et charitable, Victor Libion, grand ami des artistes et des écrivains, à qui il fait souvent crédit. Depuis 1911, bien avant ton arrivée, son établissement ne désemplit pas. C'est là que l'artiste peintre Foujita apercevra pour la première fois Youki, celle qui deviendra sa femme ; c'est là que Cocteau a photographié Picasso.

Sur le même trottoir, un peu plus haut, Le Select est ouvert toute la nuit. Pratique, pour la fêtarde que tu es. Depuis son lancement en 1924, il est pris d'assaut par les romanciers américains, ravis de fuir la prohibition de leur pays. Hemingway et Fitzgerald ont une sacrée descente, tu en es témoin. Le poète surréaliste Robert Desnos est aussi un habitué de la maison, comme Soutine ou Chagall.

Je vais souvent là-bas, tu sais. Pas sur tes traces, tout simplement parce que les écrivains et les journalistes continuent à se retrouver au Select. C'est une tradition. Le décor suranné n'a pas changé : le même bar imposant, les moulures et les stucs, les mêmes petites tables patinées en bois, le carrelage jaune et vert.

En face, La Coupole, plus grandiose, ouvre un peu plus tard, en janvier 1927. Tu as dû être à la soirée de lancement, je pense. Deux mille invités, dont Cocteau, Man Ray, Maurice Vlaminck, Pierre Benoit… Il paraît que la fête a duré jusqu'à cinq heures du matin et qu'il a fallu appeler la police pour évacuer les derniers noctambules réfractaires.

Au coin de la rue Delambre, Le Dôme, inauguré en 1898, fut le premier de ces grands cafés que tu affectionnes tant. Avec sa double terrasse, il nargue La Rotonde, en face. Il faut parfois jouer des coudes pour y trouver une table aux heures d'affluence. C'est le quartier général de Pascin, son lieu de rendez-vous, décrit plus tard par Hemingway dans son roman *Paris est une fête*. Antonin Artaud, Samuel Beckett, Blaise Cendrars sont aussi des fidèles.

Ne pas oublier La Closerie des Lilas, tout en haut du boulevard du Montparnasse, construit à l'emplacement d'une ancienne guinguette aux tonnelles fleuries où venaient danser Zola, Oscar Wilde et Verlaine, avant toi. C'est Paul Fort, le poète et dramaturge, qui y organise dès 1903 des lectures poétiques, et qui lui donne son cachet littéraire. À présent, Hemingway vient y écrire. Toi, tu viens pour être vue.

Lorsque tu rentres tard rue Guy-de-Maupassant, un peu éméchée, la voix rauque d'avoir tant fumé, tant parlé, personne ne sait vraiment ce que tu as fait aux petites heures de la nuit.

Beaucoup d'amis pensent que tu es partie te coucher, retrouver ta famille rive Droite. Tu es une épouse, après tout, une mère de famille.

Ils se trompent. Dans l'obscurité se tapissent tes secrets, ta rage de vivre, tes désirs inassouvis et inavouables.

C'est dans la nuit sauvage que tu puises ton inspiration.

Laisse-moi te suivre, le temps d'une nuit, Tamara. Laisse-moi devenir ton ombre.

Comment t'habiller ?

Chaque soir, le même dilemme.

Tu lis un conte à ta fille, tu donnes un baiser distrait à ton mari. Ce qui est important, c'est ta tenue. Tu ne cesses d'y penser.

Quelque chose de séduisant, forcément. Mais tu ne dois pas éveiller les soupçons. Tu leur dis que tu pars retrouver des amis pour un dernier verre, des gens importants, des personnes en vue, et qui comptent dans le milieu artistique. Ou alors tu dis que tu vas à l'opéra, ou au théâtre.

Ton mari n'ira jamais vérifier, tu le sais.

Te sens-tu coupable ? Non. Tadeusz a changé depuis votre mariage. Le soir, il s'endort, un livre à la main.

Ton mari n'est pas heureux à Paris. Voilà que tu commences à gagner plus d'argent que lui. Pas facile, surtout pour un homme au tempérament ombrageux.

Ta tenue, donc. Une robe fluide, quelque chose qui ne se froissera pas trop. Du satin ivoire, dont tu raffoles. Une étole piquée de plumes. Tes bracelets en diamant. Tes bagues. Ton collier de perles. Mais il faut se méfier des boucles d'oreilles. On peut les perdre si facilement, dans les moments d'ardeur.

Ta coiffure. Tes mèches blondes crantées, bien lisses, domptées autour de ton visage.

Un chapeau cloche, noir, ou un béret, que tu portes avec tant de panache.

Ton maquillage. Il prend du temps, ce maquillage. Tu l'appliques chaque matin, mais le soir, il est encore plus raffiné.

Je t'imagine devant ta coiffeuse. J'observe chacun de tes gestes.

La ligne de tes sourcils, un arc subtil. Parfois, pas toujours, un grain de beauté sur ta joue gauche, accentué.

Tes paupières, savamment travaillées, ombrées, pour mettre en valeur le bleu profond de tes yeux.

Tu peaufines ton maquillage comme tu peaufines tes tableaux, avec la même dextérité, la même expertise.

Tes cils, longs et noirs. Des cils de star. D'ailleurs, quand on te murmure que tu ressembles à une vraie star, Greta Garbo, cela te fait immensément plaisir.

Tes lèvres rouges et brillantes, comme celles des modèles de tes tableaux.

Ce n'est pas tant ta tenue qui te fera remarquer. C'est ta façon de te mouvoir. D'ordonner qu'on te regarde.

Tu n'es pas plus jolie que les autres. Mais ton audace est immense. Presque démesurée.

Il suffit d'un regard. Une démarche féline. Pas grand-chose, après tout.

Ne te retourne pas, Tamara. Je suis juste derrière toi.

Tu t'installes dans ta voiture, ta petite Peugeot jaune, que tu conduis d'une main gantée et adroite. Cigarette au bec.

La nuit se déroule comme un long ruban soyeux devant toi. C'est l'heure que tu préfères. Une heure bleutée riche de promesses. Tu aimes le rite du passage de la rive Droite vers la rive Gauche, qui accroît les battements de ton cœur.

Comme elle est sage, la rive Droite, celle où tu vis. Sage et un peu triste. Et comme l'autre rive t'attire tel un aimant. Un amant.

Tu traverses la Seine sur le pont de Passy, avec un regard affectueux vers la grande Dame de fer qui semble te saluer sur ta droite.

Qui vas-tu rencontrer ce soir ? Qui se trouvera sur ton chemin ? Qui sera ta proie ?

Tu dévales le boulevard de Grenelle à toute vitesse. Pas de temps à perdre. Boulevard Garibaldi, c'est là où le chemin devient plus pentu, car la route monte vers le fameux « mont Parnasse », tout en haut de sa colline. Ton royaume.

Tu prends à droite, rue de Sèvres, pour emprunter enfin le boulevard qui te mène au carrefour Vavin, centre névralgique de ton monde.

Tu es presque arrivée. Ton trajet prend à peine vingt minutes, mais d'une main impatiente, tu klaxonnes lorsque le véhicule devant toi démarre trop lentement à ton goût.

N'ont-ils aucune idée, ces nigauds d'une lenteur épouvantable, de *qui* se trouve derrière eux, enfin ? Une future reine de Montparnasse, au même titre que Kiki, Youki Foujita, Nancy Cunard ou encore ta compatriote Misia Sert, l'amie de Coco Chanel !

Tu as parfaitement compris que, pour réussir dans la Ville lumière, il faut se faire accepter par certains cercles. Un passage obligé. Ta sœur, elle, préfère devenir une architecte de renom sans faire de bruit, sans attirer l'attention.

Ce n'est pas ce que tu as choisi.

Tu gares ta voiture rue Delambre. Autant commencer par Le Dôme, qui fait l'angle avec le boulevard.

Les cafés, tu commences à les connaître par cœur. Mais il n'y a pas que les cafés, tu l'as appris.

Les gens importants, influents, ceux que tu veux mettre dans ta poche, fréquentent une librairie située rue de l'Odéon, Shakespeare & Company, ouverte en 1919 par une jeune Américaine passionnée de littérature, Sylvia Beach. Sa bien-aimée, Adrienne Monnier, éditrice et libraire, autre fervent soutien des grands écrivains, dirige la Maison des amis des livres, bibliothèque située dans la même rue.

C'est dans ces petites boutiques tout en longueur que se retrouvent des romanciers comme James Joyce, Ernest Hemingway, Francis Scott Fitzgerald, Valery Larbaud, Paul Valéry, Jules Romains, Djuna Barnes. Donc tu y traînes aussi, et tu fais connaître ton visage, ton nom.

Tu saisis l'importance d'entrer dans le cercle exclusif des femmes qui règnent sur le Montparnasse artistique. Si tu veux réussir, et tu le veux plus que tout, tu dois te faire accepter par elles. Certaines tiennent salon, et tu fais des pieds et des mains pour te faire inviter chez elles.

À commencer par la respectée Gertrude Stein, Américaine expatriée, muse, poétesse, dramaturge, qui vit au 27, rue de Fleurus, près du jardin du Luxembourg, avec sa compagne

Alice Toklas. Tu dois avouer que son physique ingrat (chignon aplati, blouse difforme et amples jupes faites maison) te rebute. Mais Gertrude Stein reçoit chaque samedi. Tu sais qu'elle est une figure centrale pour nombre d'artistes et d'écrivains dont elle lança la carrière, comme Pablo Picasso, Henri Matisse, Juan Gris, Ernest Hemingway. Et que c'est dans cette grande pièce dotée d'une large cheminée que se retrouvent Max Jacob, Guillaume Apollinaire, Georges Braque, André Derain et d'autres noms qui te font rêver.

Hélas ! On te prie de te rendre dans une autre salle, plus petite, en compagnie des épouses et compagnes des artistes, où vous êtes reçues par Alice, que tu trouves tout aussi repoussante, avec son nez crochu et ses frisottis disgracieux. On a beau te servir du thé de Chine et des liqueurs de prune, tu n'as qu'une envie, déguerpir, surtout lorsque le regard de Miss Stein glisse sur toi avec indifférence. Visiblement, elle ne te prend pas au sérieux. Tu ne l'intéresses pas.

Je te regarde entrer au Dôme ; je note ton coup d'œil circulaire et audacieux : tu repères immédiatement qui est là, ou pas. Cela ne te gêne pas de t'asseoir seule. Tu raffoles des regards posés sur toi. Tu en joues. Tu allumes ta cigarette, tu prends un air mystérieux et rêveur, tout en redressant le dos, afin que tes seins pointent à travers le satin ivoire.

Je pense que tu l'aurais remarquée. Blonde, fine, ravissante, elle a dû attirer ton attention. Mais elle devait faire trop jeune, trop anglaise, pour correspondre à tes goûts précis. Pas assez sophistiquée, pas assez parisienne. Trop innocente aussi, bien qu'au fond de ses prunelles bleues tu as peut-être eu le temps de déceler une pointe de rébellion et d'audace.

Je ne peux pas m'empêcher de penser, Tamara, que ton chemin a croisé le sien. Elle aussi, elle fréquentait Le Dôme.

Qui donc ?

Une autre femme qui m'a tant inspirée. L'écrivaine Daphné du Maurier. En 1925 et 1926, elle est souvent venue ici, sur les traces de son grand-père, le célèbre artiste peintre franco-britannique George du Maurier, qui prenait des cours à l'atelier de Gleyre, rue Notre-Dame-des-Champs, tout près d'ici.

Je la vois, ma Daphné, sagement penchée sur ses cahiers, dans lesquels elle notait ses secrets, son désir d'écrire, sa passion ardente pour la directrice de son pensionnat de jeunes filles.

Comme toi, elle est ambitieuse, comme toi, elle rêve d'indépendance et de reconnaissance. Sauf que toi, tu veux prendre toute la lumière, tu veux brûler les étapes. Daphné, elle, construira son chemin dans l'ombre, patiemment, sans relâche, et lorsqu'elle deviendra une romancière célèbre dans le monde entier en 1938, avec son sombre et sulfureux *Rebecca*, porté ensuite à l'écran par Alfred Hitchcock, elle sera éberluée par les projecteurs braqués sur elle et n'aura qu'une envie, les fuir.

Le contraire de toi.

Pendant que tu sirotes langoureusement ton champagne, l'œil toujours contemplatif et énigmatique, laisse-moi raconter la suite.

Après tes débuts loupés chez Gertrude Stein, tu parviens à obtenir une entrée chez Natalie Clifford Barney, riche héritière américaine lesbienne, qui a une vingtaine d'années de plus que toi, célèbre pour son goût de la liberté, sa fascinante personnalité et son grand amour des artistes. Son salon littéraire du vendredi après-midi est un point de mire incontournable du milieu artistique parisien. Un « must » pour toi.

Échaudée par ton passage chez la Stein, tu te prépares à une autre déception, mais heureusement tu es acceptée, et même estimée. Surnommée « l'Amazone », pourtant petite, féminine et pétillante, et vêtue comme une vestale préraphaélite, Natalie t'accueille à bras ouverts. Depuis 1909, Miss Barney reçoit l'intelligentsia : James Joyce, Marcel Proust, Ezra Pound, Colette, Paul Poiret, Isadora Duncan…

L'endroit te plaît d'emblée. L'appartement-véranda au rez-de-chaussée du 20, rue Jacob, dans le sixième arrondissement, donne sur un jardin verdoyant, chose rare à Paris. Au fond du jardin, derrière les lilas en fleur, vers la rue Visconti, tu découvres un petit pavillon carré en pierre, bâti comme un temple antique, avec des colonnes et un fronton, baptisé « temple de l'Amitié ». L'intérieur du pavillon te ravit : une grande pièce ronde surmontée d'un dôme à l'éclairage zénithal. On t'apprend qu'il fut érigé en secret par un maréchal pour sa maîtresse et qu'un souterrain se trouverait sous ses fondations.

Miss Barney sait recevoir. Elle passe du temps à faire les présentations. Lors d'une fête mémorable, elle fait lâcher des centaines de pétales de roses sur ses invités. Elle fait servir de divines pâtisseries et d'exquis sandwichs au concombre. Tu es aux anges. Tu fais des rencontres passionnantes. André Gide, la duchesse de La Salle, Jean Cocteau, la marquise Luisa Casati. Tu commences petit à petit à tisser ta toile.

Miss Barney aime les femmes et ne s'en cache pas. Elle les célèbre, les glorifie. Dans son antre, les femmes artistes sont encouragées avec chaleur. Chez elle, les femmes peuvent s'embrasser librement, sans se cacher. Cela te plaît, beaucoup. Ton histoire d'amour avec Ira Perrot t'a donné envie d'autres aventures féminines. Tu vas les cueillir ici, entre cour et jardin, à l'abri des regards indiscrets.

Ton carnet d'adresses s'enrichit. À d'autres dîners tu rencontres l'artiste Kees Van Dongen, la riche et influente comtesse de Noailles, le peintre fêtard Jules Pascin. Tu es comblée lorsque ton nom commence à paraître dans les magazines, lorsque tu es photographiée à telle ou telle fête, et qu'on cite tes vêtements, ta robe, tes bijoux.

Dans cette fièvre d'amours féminines, tu pousses même le vice jusqu'à signer tes tableaux avec l'orthographe masculine du patronyme polonais de ton mari : « de Lempitzky ».

Comme si tu devenais un garçon. Ou plutôt, une garçonne, encore un autre symbole de ton époque trépidante.

D'ailleurs, parlons-en, de cette particule. Existe-t-elle vraiment ?

Ou l'as-tu ajoutée lors de ton mariage, comme on agrafe une broche rutilante à une robe trop fade, avec la complicité de ton époux ?

Va savoir.

C'est finalement à La Rotonde, en face, que tu croises tes compagnons de route d'une nuit qui sera longue. Après d'autres coupes de champagne, tu repars dans ta voiture, accompagnée d'une jolie fille. Ou d'un joli garçon.

Direction les cabarets ou les boîtes de nuit que tu affectionnes. Souvent, la duchesse de La Salle te donne rendez-vous au Monocle, haut lieu des rencontres saphiques. Parfois, c'est André Gide qui t'entraîne dans des bars homos près de la Bastille.

Tu te laisses guider, car tous connaissent les chemins du plaisir et de l'audace.

Ton époque n'a pas de limites. Toi non plus. Tu prends tout ce qu'on t'offre, avec avidité. Tu ne sais pas dire non, et tu n'as pas envie de dire non.

La musique est assourdissante, et entêtante. L'alcool coule à flots. La drogue circule librement. Tu te laisses prendre. Plus tard, tu auras beaucoup de mal à te défaire de son emprise.

Tu aimes cette emprise, cette folie, surtout la cocaïne, ta préférée, qui, du bout d'une petite cuiller argentée, te propulse dans un univers halluciné teinté de fantasmes et de sensualité.

Le hachisch te plaît aussi, surtout pris avec du gin.

Tu ne penses jamais à Tadeusz et Kizette, qui dorment à poings fermés. Sur la piste de danse, tu te lâches.

Tes biographes ont tout raconté, je n'invente rien.

Ils disent comme tu es tactile ; comme tu aimes toucher, caresser.

Je te vois, debout, enlaçant une femme dans un fox-trot endiablé. Tu la serres, de près, et de plus près encore. C'est toi qui mènes la danse. Tes gestes n'ont rien de subtil. Tu dénudes les épaules, la poitrine de ta partenaire, pour mieux te nourrir de sa peau.

Si c'est un homme que tu tiens entre tes bras, tu fais de même.

On t'applaudit, on t'encourage. Grisée, tu as l'impression que personne ne peut te résister. Tu te sens fatale.

Tu redoutes le moment où tu vas devoir repartir seule, retrouver ton morne mari. La nuit est encore jeune, frémissante de tant de possibilités.

Vient l'instant où tu quittes tes joyeux compagnons. Tu dis que tu vas te coucher. Tu dis que tu es fatiguée.

Tu repars dans ta voiture, vitre baissée, pour respirer l'air frais nocturne.

Mais au lieu de traverser la Seine, tu la longes, sur la rive gauche. Tu t'arrêtes près du quai Saint-Michel, tu gares ta voiture dans une rue tranquille. Tu descends vers le quai de Montebello.

L'escalier de pierre est sombre, tu dois faire attention de ne pas tomber. En bas, les pavés inégaux manquent de te faire trébucher sur tes talons.

En face, de l'autre côté du fleuve, la masse sombre de Notre-Dame.

La Seine danse et tu y vois la lune.

Difficile de croire qu'il y a une quinzaine d'années, le fleuve a englouti Paris lors d'une crue centennale gloutonne.

Cette nuit, c'est toi qui es vorace.

Il est tard, mais il y a encore du monde, ici.

Et tu sais précisément ce que tu es venue chercher.

C'est l'affaire d'une demi-heure, tout au plus. Une dernière prise de cocaïne. Et tu y vas.

Depuis la guerre, d'étranges bidonvilles ont fleuri çà et là, des bars de fortune éphémères abrités sous des tentes, où se mêlent marins, militaires, étudiants et prostituées. C'est une adresse secrète pas si secrète pour amateurs de sensations fortes.

Loin de la compagnie raffinée de tes amis de Montparnasse, tu satisfais tes pulsions les plus violentes avec des étrangers.

Tu te nourris de ces corps d'inconnus que tu étreins, debout, contre un mur, et tu aimes pardessus tout savourer en même temps la peau douce d'une femme et l'épiderme plus rude d'un homme.

Ces trios sexuels sont ton secret, mais aussi ton inspiration, car à partir de ces corps-à-corps sauvages, tu échafaudes tes nus les plus sensuels, les plus spectaculaires.

Tu rentres chez toi, sourire aux lèvres. Ta robe est chiffonnée, tu es décoiffée. Aucune importance.

Ta rue dort. Il n'y a personne. Personne dans la cage d'escalier non plus.

Tu pénètres dans l'appartement, silencieusement. Tu mets ton tablier sur ta robe, aussitôt.

Tu vas dans ton salon-atelier, et tu peins, comme si ta vie en dépendait.

Vers six heures, tu te glisses dans le lit conjugal. Ton mari ne bouge même pas.

C'est Kizette qui te réveille, quelques heures plus tard. Elle ne t'appelle jamais maman. Elle t'appelle « Chérie ».

Je regarde de plus près quelques toiles que tu peins à ce moment de ta vie. Chaque tableau raconte une histoire, Tamara.

Une femme au voile vert, 1924. Ces yeux sombres, levés vers le ciel. La masse noire des cheveux, lustrés, brillants, les jeux d'ombre sur les pommettes et les paupières. Les gants blancs, immaculés.

1924, encore, le paysage nocturne qui ouvre sur une ville moderne, métropole chatoyante et futuriste, rutilante et angoissante.

Ira et son regard intense, son sourcil en accent circonflexe, sa moue boudeuse. Elle porte un manteau noir, une écharpe jaune, et derrière elle, tu incrustes un arbre aux branches sinueuses, des façades enchevêtrées.

Perspective : Deux femmes nues, aux lèvres écarlates, vautrées sur un lit revêtu de bleu. L'une d'elles pose la main sur la cuisse de l'autre. Ventres opulents, seins offerts. Chairs dorées et appétissantes. Visages tordus par le plaisir. Elles viennent de faire l'amour, et cela se voit. Tu avais envie que cela se voie. Je remarque aussi (comment ne pas le remarquer ?) le pan de rideau subtilement inséré en haut à gauche, qui fait que ton spectateur se mue malgré lui en voyeur. Exactement ce que tu voulais, n'est-ce pas ? Offrir une vue plongeante sur une intimité féminine.

Un dessin d'un modèle féminin nu, tête baissée, un bras plaqué devant les yeux, l'autre qui longe son sexe ombré.

Tu n'as pas encore tout à fait trouvé ton style, celui qui te rendra célèbre dans le monde entier. Les lignes n'ont pas encore la pureté qui t'obsède, qui te rend parfois fastidieuse dans ton approche.

Mais tu y es presque. Dans quelques mois, tu seras dans ton élément. Tu seras celle dont le nom sera sur toutes les lèvres.

Oui, tu négliges ta famille. Ton mari, ta fille. Ta sœur, ta mère. Il n'y a qu'une seule chose qui compte pour toi : ton art.

Je m'interroge… Si tu avais été un homme, aurais-je pu écrire ces mots ? Non. Les hommes ont le droit, eux, de ne pas s'embarrasser d'une vie familiale lorsqu'ils créent. On ne devait jamais demander à Picasso, à Braque, ce qu'il y avait à dîner.

Tu as pris cette liberté, celle que t'a donnée ton époque, et tu l'as faite tienne.

Tant pis si ton mari râle parce qu'il se sent délaissé. Tant pis si ta fille pleure parce qu'elle ne te voit pas assez souvent.

Tu te fies à ton instinct, et ton instinct te dit de foncer.

Tu te laisses emporter dans des histoires rocambolesques. Tu rejoins souvent Filippo Tommaso Marinetti, le fondateur franco-italien du mouvement futuriste, à La Rotonde, avec un groupe d'étudiants des Beaux-Arts. Tu n'es pas toujours d'accord avec les propos de l'auteur du *Manifesto*, mais il te divertit.

Cet après-midi-là, Marinetti est particulièrement en forme. Il exhorte ses jeunes suiveurs, médusés, à faire table rase du passé, et à aller incendier le Louvre. Il se lève, brandit le poing, rugit : si l'art du passé n'est pas détruit, l'art moderne ne peut exister. Donc, il faut tout brûler, réduire à néant !

Les étudiants, alléchés et sans doute éméchés, se mettent à scander « Au feu le Louvre ! ».

Et toi aussi, Tamara, tu te lèves et tu chantes avec eux ! J'ai du mal à y croire, mais c'est dans le livre que Kizette a écrit sur toi. Tu te laisses embarquer dans la folie du moment, et tu sors de La Rotonde avec la ferme intention de mettre le feu à un de tes musées préférés, celui où tu te rends régulièrement pour admirer les trésors de la Renaissance et ton Ingres chéri.

Tu proposes même à Marinetti de le conduire au Louvre dans ta petite Peugeot jaune. Bras dessus, bras dessous, escortés par des jeunes déchaînés, vous vous dirigez vers l'endroit où tu as laissé ta voiture.

Déconfite, tu découvres que ton auto, mal garée, a été transportée à la fourrière.

Kizette décrit le silence consterné du maestro, la déception des jeunes suiveurs. L'enthousiasme est retombé comme un soufflé. C'est fichu. Mais le Louvre est sauvé.

J'observe ma fille Charlotte qui trace son chemin de photographe dans ton art et ta vie. Son univers poétique est à l'opposé du tien.

Tu veux montrer la perfection et tu la brandis, comme si elle était une propagande, un diktat. Tu veux peindre la beauté, la richesse, l'opulence, les happy few. Ce que tu nous proposes est autoritaire, sans appel.

Tu mets en scène la vanité, l'érotisme, la séduction.

Tu ne laisses pas de place au doute. Tu imposes.

Tu veux être le reflet du monde flamboyant qui te fait vibrer.

Charlotte, elle, travaille la suggestion, l'émotion, la fragilité. Le doute, justement.

Lorsque je lui demande comment elle va retranscrire ton monde, elle me répond qu'elle veut justement aller derrière ta perfection, derrière ton vernis.

Traquer ce que tu ne voulais pas forcément montrer, comme je le fais avec les mots.

Fouiller derrière tes tableaux magnifiquement composés, impeccablement maîtrisés. Ton travail ne révèle rien de la vie agitée que tu mènes.

Et jusqu'ici, Tamara, tu n'as dévoilé qu'une armure de guerrière.

Tu t'es forgé une carapace de sophistication et de glamour, une vision fantasmée que tu mets à la mode.

Mais combien de temps ton armure va-t-elle tenir ?

Jusqu'où cette quête de la perfection va-t-elle te mener ? N'as-tu jamais eu peur de te brûler les ailes ?

Tu n'as pas trente ans et tu vis ta vie avec un appétit d'ogre.

Grâce à tes introductions dans les salons littéraires, tu te confectionnes une liste impressionnante de personnalités à peindre.

La drogue et le sexe, puissants vecteurs de plaisir, te poussent à aller encore plus loin.

En à peine cinq ans, regarde le chemin que tu as parcouru, Tamara.

Tu n'avais pas un sou, tu vivais dans une soupente. Tu ne connaissais personne à Montparnasse.

À présent, on t'y attend de pied ferme.

À présent, on te tend les bras.

A

COMME ARROGANTE

« From a hundred pictures,
mine will always stand out. »

Tamara de Lempicka

Parmi cent autres tableaux,
les miens se feront toujours remarquer.

Maintenant que je suis arrivée à la moitié de cette aventure littéraire, je souhaiterais évoquer des sujets plus intimes. Je voudrais revenir sur la raison pour laquelle je me suis intéressée à toi, lorsque j'étais adolescente.

Qu'est-ce qui a bien pu capter mon regard ?

Les couleurs, peut-être. Ce vert émeraude dont tu abuses et qui m'a toujours attirée.

La première fois, je l'ai dit, c'était ton autoportrait dans la Bugatti.

Mais après, il y a eu l'effigie de cette jeune femme au chapeau et aux gants blancs, vêtue d'une robe verte à volants.

J'essaie de retrouver le moment précis où j'ai vu ce tableau pour la première fois. Je crois qu'il figurait sur la couverture d'un roman anglais, lu dans les années 1975 ou 1976. Impossible de me rappeler le nom de l'auteur.

J'ai quatorze, quinze ans. Mal dans ma peau, comme souvent, à cet âge. Je me cache derrière une épaisse frange châtain.

Ma chambre est mon jardin secret. Aux murs, des posters, avec des reproductions de peintures de Gauguin, Botticelli et Modigliani, dont les visages en long me rappellent le mien et celui de mon père.

Il y a aussi, je l'avoue, des photos de Björn Borg, mon idole, et d'ABBA, car j'aimais tout ce qui était suédois. J'avais d'ailleurs un petit ami suédois.

Je me parfume avec une fragrance qui sent la pomme verte, je porte des sabots noirs, des jeans Wrangler, des sweat-shirts UCLA. Je n'ai rien de sophistiqué, la mode ne m'intéresse pas, et je me maquille peu.

Mais revenons à toi.

Je sais maintenant que ce qui m'a plu dans le portrait de cette jeune femme en vert, ce n'était pas l'émotion (il n'y en avait pas, dans ce portrait-là, et il n'y en a pas dans ton œuvre, mais je ne le savais pas encore), c'était plutôt une perfection esthétique qui m'interpellait.

Cette femme aux boucles ambrées, au regard vert d'eau. Elle tient son chapeau d'une main assurée et gantée. Contre quoi ? Le vent ? Derrière son épaule, en effet, des volants crantés se déploient comme un éventail plissé, sous l'effet d'une brise.

Sa bouche est carmin, ramassée, en cœur. Son menton, dodu, celui d'une petite fille. Mais ses seins, qui pointent sous l'étoffe verte, sont ceux d'une femme. Un mamelon, le droit, transperce même le tissu avec effronterie. Tu voulais vraiment qu'on le voie, ce téton, n'est-ce pas ?

Tu voulais que le regard s'attarde avec gourmandise sur le ventre rondelet et charmant, où le nombril s'offre avec impudeur, comme si cette jeune femme était nue.

C'est du satin, cette robe, Tamara ? De la soie ? Elle gaine les courbes de ton modèle comme une seconde peau, ne laissant pas grand-chose à l'imagination.

Sa main gauche, gracile et dépliée, comme si elle jouait du piano. Le petit doigt, délicatement cambré.

Est-elle debout ? Assise ? Adossée contre un mur ? Difficile de le savoir.

Elle attend. Qu'attend-elle ? En même temps, elle semble déterminée. Comme si elle n'avait peur de rien. Même si on daignait lui poser un lapin, elle s'en ficherait.

Elle paraît trempée d'acier, ta jeune femme en vert ; façonnée de chrome et de métal, une créature de fer, une guerrière. Les volants de textile ressemblent à de la tôle.

Je crois bien que c'est cela qui m'a plu : cette invincibilité, cette puissance, cette plastique triomphante. Une femme qui attend, mais qui reste décidée. Elle n'a rien de passif. Elle n'a rien de fragile.

Et moi qui étais une adolescente vulnérable qui doutait de tout, et surtout d'elle-même, je me suis raccrochée à cette force qui émanait de ce portrait, comme si je voulais m'en nourrir, comme si elle allait me sauver.

En 1925, l'année où tu vas prendre ton envol, un nom fait déjà le tour de Paris.

Une jeune femme. Américaine.

Dix-huit ans.

Une peau d'ébène. Une cambrure qui déchaîne les passions.

Cela se passe au théâtre des Champs-Élysées. La fameuse « Revue nègre ».

Tous les soirs, il y a salle comble, et des spectateurs transis, dont Robert Desnos, Blaise Cendrars, Francis Picabia. Et toi.

Elle est belle, elle est agile, elle danse comme jamais tu n'as vu quelqu'un danser.

Elle fait aussi des grimaces insensées, roule des yeux, tire la langue, louche.

Lors de son numéro « Danse sauvage », elle porte une jupette composée de bananes, et se tortille d'une façon animale et magnétique. Quasi sexuelle.

Tu dis d'elle : « Elle nous faisait tous défaillir de désir. »

Mais tu dis aussi : « Elle ressemble déjà à un de mes portraits, donc il n'était pas envisageable que je lui demande de poser. »

Peut-être que tu le lui avais proposé, et qu'elle a refusé ?

Tu détestes tant qu'on te dise non. Tu as dû prendre cela comme un affront, si c'est arrivé.

On ne le saura pas.

J'aurais tant aimé que tu saisisses le charme de Joséphine Baker. J'imagine sans peine comment tu aurais capturé le grain de sa peau, son déhanché, son magnétisme.

Quel dommage, Tamara !

Ton carnet d'adresses ressemble désormais au Bottin mondain.

Ton ami excentrique Jules Pascin t'invite aux fêtes les plus folles.

De quoi faire d'autres connaissances, tisser d'autres liens.

À présent, tout le monde sait qui tu es.

Le journaliste et critique Arsène Alexandre décrit ton art comme étant de « l'ingrisme pervers », ce qui n'est pas pour te déplaire. Tu as créé ton propre style : une alliance particulière et identifiable d'influences variées qui séduit un public grandissant.

Colette, Hemingway, Zelda Fitzgerald, Coco Chanel et Jean Patou te font la bise. Jean Cocteau est ton ami. Ce dernier d'ailleurs te dit que tes sorties prennent le pas sur ton art. Il va falloir choisir.

Tu dînes chez Maxim's, rue Royale, au Ritz, place Vendôme, ou au très couru Bœuf-sur-le-Toit, rue Boissy-d'Anglas.

En novembre 1925, le magazine américain *Harper's Bazaar* fait un reportage de plusieurs pages sur toi. On te voit avec Kizette, au bois de Boulogne, jouant au cerceau.

Tu as toujours prétendu qu'un photographe « passait par là », qu'il t'avait reconnue et qu'il avait pris ces photos de vous presque de façon improvisée. Mais en les regardant de plus près, on voit bien qu'elles ont été planifiées, orchestrées, qu'elles n'ont rien de naturel, de spontané.

Vos tenues, d'abord : ton élégant manteau de laine et de velours, comble du raffinement, et les gants blancs de Kizette, un peu trop apprêtés.

Que voulais-tu prouver ? Que tu es une mère parfaite, omniprésente ? Vos sourires ne sont-ils pas un peu crispés ?

Toujours cette soif de perfection, Tamara. De projeter une image lisse, sans aspérités.

Tu es à la pointe du glamour ; c'est toi qui, en premier, l'a façonné, ce glamour, l'a pétri, l'a amadoué, vis-à-vis de toi-même, pour ensuite le faire filtrer dans tes portraits.

Il suffit de regarder comment tu prends la pose pour les photographes célèbres qui t'immortalisent : Dora Kallmus, dite « D'Ora », Constantin Joffé, ou encore le studio Lorelle. Est-ce une artiste qu'ils cadrent dans leur viseur ? Ne serait-ce pas plutôt la séductrice ?

La vamp couverte de bijoux, aux cheveux crantés, aux paupières mi-closes, à la bouche sensuelle. Celle qui prend la lumière comme une star de cinéma.

Le cinéma fait rêver, et toi, tu l'intercales dans ton image, par ton maquillage, ta coiffure et tes tenues. Tu t'habilles en Molyneux, Schiaparelli, Grès.

Tu souhaites tant qu'on te prenne au sérieux, Tamara. Tu veux par-dessus tout réussir. Mais pour toi, le chemin de la renommée passe autant par une esthétique absolue, teintée de narcissisme et d'impertinence, que par ton œuvre d'artiste, de créatrice.

Tous ceux qui vont poser pour toi (et la liste est longue), tu les rends beaux, sublimes, magnifiques, impressionnants, solaires. Tu les glorifies.

Tu gommes leurs défauts, tu mets leur panache en avant. Et s'ils ne sont pas vraiment beaux, cela n'a pas d'importance.

Tu les peins avec démesure et désir. Tu les *rends* beaux. Ce sera ton estampille.

Et c'est pour cette raison que ces personnalités riches, célèbres, ces aristocrates imbus d'eux-mêmes, voudront s'offrir un portrait par toi.

Pour devenir beaux, grâce à toi.

La beauté, c'est selon toi l'arme la plus puissante au monde.

Toujours en 1925, année charnière pour toi, une vaste exposition s'ouvre sur l'esplanade des Invalides, sur les quais rive droite et rive gauche, autour du Grand et du Petit Palais, et même sur le pont Alexandre-III. Une vingtaine de pays prennent part à ce rendez-vous illustre, orchestré par l'architecte en chef Charles Plumet.

L'Exposition internationale des arts décoratifs et industriels modernes doit démontrer à l'étranger la vigueur des arts appliqués français. C'est un succès. Des milliers de visiteurs viennent chaque jour se presser dans les nombreux pavillons, dont quatre principaux, ultramodernes, sont situés aux angles de l'esplanade des Invalides.

On y admire des lignes de vêtements, des meubles, des aménagements de cuisine, du design architectural, des bijoux, des reliures, des flacons de parfum. C'est neuf, clinquant, culotté. Les formes révolutionnaires, géométriques et stylisées, suggèrent une modernité inédite. Les couleurs explosent avec un éclat audacieux.

L'Art déco prend son essor ici, dans cette manifestation qui prône une réinterprétation des volumes, inspirée d'une géométrisation cubiste, et un retour à la symétrie. Ce mouvement se veut le contrepied de l'Art nouveau et ses lignes sinueuses qui puisaient leurs idées dans le monde animal ou végétal, et que les détracteurs surnommaient cruellement le « style nouille ».

Petit à petit, l'Art déco marque le pays entier de sa patte caractéristique, alors que de nouvelles commandes affluent : des habitations, des piscines, des théâtres, des gares, des immeubles ministériels. Le Paris des Années folles, ton écrin, profite pleinement de cette soif de nouveauté.

Ta sœur Adrienne, celle qui s'occupe tant de ta fille Kizette, se fait elle aussi un nom, plus modestement que toi, il est vrai. Adrienne Gorska. Élève de l'architecte Robert Mallet-Stevens, elle obtient son diplôme de l'École spéciale d'architecture en 1924. Elle commence tout de suite à travailler, signe des meubles, des décors, des habitations aux lignes cubiques qui subsistent encore aujourd'hui. Un peu plus tard, en 1930, alors que tu auras atteint ton firmament, elle fait la connaissance de son futur mari, Pierre de Montaut, architecte français né en 1882. Tu peindras un magnifique portrait de ton beau-frère. Ensemble, durant les années trente, Adrienne et son mari bâtiront les locaux de la célèbre chaîne de cinémas Cinéac, des salles spécialisées dans la projection d'actualités filmées.

Bien plus tard, avec le recul qu'offre le temps, on dira de toi que tu fus le peintre le plus emblématique du mouvement Art déco.

Qui est-elle ?

Elle se fait appeler la duchesse de La Salle de Rochemaure, mais son vrai nom, c'est Marika Karousos, et elle est née en Grèce. Une simple roturière au destin étonnant.

En 1905, en Grèce, elle fait la connaissance d'un jeune aristocrate français. C'est le coup de foudre. Ils se marient à Éleusis. Marika tombe rapidement enceinte, et accouche d'une fille, Romana.

Mais il y a un procès retentissant, raconté par le menu dans un article publié dans la

Revue catholique de l'Alsace, que je trouve sur Internet : « Les Tribulations d'un mariage franco-grec ». Furieux, le père du jeune époux tente par tous les moyens de faire annuler ce mariage. Il y met tant de hargne qu'il se fait excommunier par l'Église. Après toutes sortes de péripéties, le couple divorce en 1911.

La duchesse garde le titre, mène sa vie, reçoit une pension alimentaire pour élever son enfant et s'habille en garçon.

C'est à Paris, en 1923 ou 1924, chez Natalie Barney, que tu croises le chemin de cette grande brune au regard ardent et coquin. Tout à fait ton genre.

Ce portrait monumental trône au-dessus du lit que tu partages avec Tadeusz, rue Guy-de-Maupassant.

Ton mari dort sous la posture arrogante d'une amazone harnachée de bottes en cuir posées avec assurance sur des marches tapissées d'un rouge vif qui semblent mener tout droit à l'entrée d'une boîte de nuit. Une lourde draperie grisâtre effleure son épaule, comme dans les tableaux de la Renaissance que tu affectionnes tant. La duchesse porte un pantalon ajusté, qui moule ses cuisses rondes et entraîne les yeux vers son mont de Vénus.

Le regard de la duchesse est lourd, précis, sans ambiguïté. C'est toi qu'elle regarde ainsi, avec une avidité non dissimulée.

Je me demande où se sont déroulées les séances de pose ? Chez toi ? Chez elle ? Et elles se terminaient de quelle façon ?

Le résultat final est une façon peu subtile de faire comprendre à ton mari ton choix de vie et tes choix amoureux.

Comme il a dû en souffrir.

Personne pour te mettre en garde. Personne pour te dire que tu joues avec le feu. Si, ton mari, qui exige que tu retrouves une vie plus calme, que tu sortes moins. A-t-il entendu les rumeurs qui commencent à circuler sur toi ? Sans doute.

Et ces dîners extravagants que tu donnes chez vous, il en pense quoi ? Une soixantaine de personnes qui s'entassent bruyamment dans votre salon. Des serveuses dénudées, avec des plumes dans les cheveux. Et même, un soir, une jeune femme nue allongée sur une table, avec des friandises nichées çà et là sur son corps offert.

Tadeusz n'en peut plus de tes provocations. Oui, tu travailles dur, mais il subodore tout un pan de vie caché qui l'effraie.

Les disputes entre vous reprennent de plus belle. Il te traite d'égoïste, tu rétorques qu'il n'est qu'un raté. Il se laisse aller à une bordée d'injures, et sous les yeux horrifiés de votre fille, tu le menaces d'un couteau.

Tadeusz ne comprend rien à ton art, à ta vie. Il veut te soumettre, faire de toi une épouse. Tu es convaincue d'être une grande artiste. Ta mère, ta fille, ta sœur te soutiennent.

Partout, tu vois de l'art. Partout, tu vois de la beauté. Dans un restaurant, un soir, à Rome, tu n'hésites pas à faire valser les spaghettis d'un client assis à la table en face, car le rayon de soleil qui tombe sur la nappe te subjugue.

Maintenant que tu es sur une pente ascendante, les remontrances de ton mari ne te préoccupent guère. Tadeusz ne se rend pas compte de ta renommée. Tu peins ton ami le grand André Gide : tu lui donnes un visage fébrile, des yeux inquiétants qui se muent en fentes noires. Le portrait est applaudi, mais ton mari n'est pas plus impressionné.

Il te faut plus grand, il te faut plus fort. Tu trouves que tu peux faire mieux que Paris et Montparnasse. Tu en as fait le tour, de ce périmètre scintillant. Tu veux voler plus haut.

Tu regardes plus loin. Vers le sud, vers un pays que tu as toujours aimé. Son art, sa lumière, sa beauté. Tout te plaît, là-bas.

Tu pars à la conquête de l'Italie.

Tu décides d'approcher le richissime collectionneur milanais le comte Castelbarco. Cette rencontre, tu la prépares bien à l'avance. À force d'insister, tu obtiens un rendez-vous à Milan, tu apportes ton portfolio, tu t'habilles avec ton élégance habituelle. Le comte accepte enfin de te recevoir. Ton regard direct et ton énergie lui plaisent. Ton petit béret noir aussi. Ta blondeur sophistiquée est autant un atout que la force de ton travail.

Lorsque le comte, séduit, te propose une exposition de quinze jours en novembre prochain dans sa prestigieuse galerie Bottega di Poesia, tu sais que tu as gagné, mais tu frémis intérieurement devant la somme de labeur que tu vas devoir fournir en à peine quatre mois. Trente tableaux ! Comment vas-tu faire ? Qu'importe ! Il t'a dit oui.

Tu retournes à Paris bouillonnante d'énergie et d'enthousiasme. Tu es épuisante pour ton entourage. Il n'y a que cette exposition qui compte. Tu ne vis que pour ça, et rien d'autre. Tu pars à l'affût de modèles avec frénésie. Tes proches posent, bien sûr, mais aussi des inconnus que tu arrêtes dans la rue. Tu travailles d'arrache-pied.

Finalement, tu termineras dans les temps une cinquantaine de toiles qui filent en Italie.

L'exposition est un succès. Tu te retrouves au centre de l'attention, ta position préférée. Les Italiens t'adorent et te le montrent. La presse milanaise s'extasie. Ton côté slave, exotique, fait des ravages. Le comte Castelbarco te présente l'aristocratie milanaise. Tout le monde veut que tu fasses son portrait. Un triomphe !

Et puis il y a ce jeune marquis, Guido Sommi Picenardi. Cheveux noirs et gominés, regard ardent. Il a un côté à la fois efféminé et viril qui t'attire. Il est marié, mais quelle importance ? Tu tombes sous son charme. Il te donne rendez-vous à Turin, pour aller à l'opéra. Tu avoueras plus tard que vous passez trois jours au lit.

Le marquis connaît la terre entière : la femme de lettres Violet Trefusis et sa mère, Alice Keppel, la plus connue des maîtresses d'Édouard VII, le couple Polignac, musiciens et mécènes. Tu virevoltes de dîner en dîner, de fête en fête. Tu t'enivres de ce beau monde italien et comme Paris te semble loin ! La *dolce vita* te sied à merveille.

Et puis un jour, alors que tu séjournes chez les Picenardi à la campagne, tu apprends que vous allez tous déjeuner au Vittoriale degli Italiani, chez l'illustre voisin, le sulfureux Gabriele d'Annunzio.

Tu l'avais déjà croisé, ce vieux beau figé dans le crépuscule de son charme et qui a trente ans de plus que toi. Il était venu à ton exposition à la galerie Bottega di Poesia. Il avait même flirté avec toi.

Et tu te dis, tout à coup, que peindre Gabriele d'Annunzio, héros de guerre et homme politique influent, écrivain traduit dans le monde entier, esthète dandy à la réputation scandaleuse, serait une sacrée corde à ton arc.

Mais tu ne te doutes pas, en ce jour ensoleillé de 1926, alors que tu files à Gardone Riviera dans l'Isotta rutilante du joli marquis, que tu vas te heurter à plus fort que toi.

À un ego encore plus démesuré que le tien.

Quelle beauté, le lac de Garde, le plus grand d'Italie, avec ses berges calmes et fleuries ! Mais ce ne sont pas les eaux turquoise que tu es venue admirer aujourd'hui. Ni les somptueuses demeures qui les bordent.

Sur les collines verdoyantes de Gardone, dans son parc de neuf hectares, au pied de sa villa baroque, qu'il mit, paraît-il, dix-sept ans à façonner à son goût, le maître des lieux vous attend. Enfin, il t'attend, toi.

Oui, il est alléché par toi, Tamara. Tes longues jambes, tes mains, ta jeunesse. Il se fiche un peu de ton « art ». Mais ça, tu le ne comprends pas tout de suite.

Ou tu fais mine de ne pas le comprendre.

Pourtant, tu sais bien que tu mets les pieds chez un séducteur invétéré, un homme à femmes. Tu n'as rien de naïf.

D'Annunzio veut te clouer à son tableau de chasse, et toi, tu veux le peindre.

Un marché ?

Le problème, c'est que tu as décidé, dès le départ, que tu ne coucherais pas avec lui. Il te répugne, avec son crâne glabre, sa soixantaine défraîchie. Tu diras d'ailleurs de lui, cruellement : « J'étais belle fille, et il y avait en face de moi un vieux nabot en uniforme. »

Dès votre arrivée, il ne s'intéresse qu'à toi. Tant pis pour les autres. Il te fait faire le tour du propriétaire. Le jardin est grandiose sous un soleil de plomb. Que de glycines, que de roses, que de magnolias. Des chutes d'eau, des bassins, des ponts, des arcades, des statues.

Ici, d'Annunzio fera construire un théâtre antique. Là gît la proue du navire *Puglia*, témoin de ses combats victorieux à Fiume. Il veut t'impressionner. Réussit-il ? Tu n'es pas dupe.

À l'intérieur de la villa, un décor excessivement chargé, fastueux, un assemblage étourdissant de statues, tableaux, livres, tapisseries, objets d'art et bimbeloterie.

La lumière du jour n'entre jamais ici, abolie par une nébulosité suffocante et parfumée qui te met mal à l'aise.

Il paraît que le maître n'aime pas la lumière trop crue. Tu te dis que ses rides doivent moins se voir, ainsi.

D'Annunzio tient à te montrer les chambres, tapissées d'étoffes soyeuses, aux lits recouverts de coussins, qui suggèrent des étreintes passionnées, et une chambre, en particulier, qu'il surnomme avec emphase « la Léda », car au-dessus de la tête de lit trônent les figures mythologiques de Léda et du cygne.

Drôle de personnage, ce Gabriele. Il porte un monocle, des bottines vernies faites sur mesure, sur lesquelles tu devines le contour du dessin d'un phallus. Tu as entendu dire que son dressing prend une pièce entière, que ses chemises de nuit, à l'apparence chaste, sont percées d'un trou rond à un endroit stratégique. Il possède un cercueil, dans lequel il fait parfois la sieste. Il te le montre, avec un sourire provocateur. Sa voix est douce, presque un murmure, et pour te parler, il se rapproche, un peu trop près.

Tu as l'impression de pénétrer dans une obscure nécropole teintée des désirs et des fantasmes d'un vieillard gâté qui veut prouver qu'il sait encore plaire.

Mais tu ne peux pas résister à l'idée de faire le portrait d'un homme qui a tant marqué son époque. Il ne te plaît guère, mais ce qu'il dégage, son aura, son parcours, te fascinent.

Gabriele d'Annunzio par Tamara de Lempicka : ça sonne bien.

Tu le vois déjà, ce tableau. Ce sera ton chef-d'œuvre. Grâce à lui, tu deviendras encore plus célèbre.

Tu as l'habitude des hommes qui veulent te faire l'amour. Il finira par comprendre, le vieux beau. Il finira par poser pour toi, sagement, comme les autres.

C'est ce que tu crois.

Quelques mois plus tard, te voilà, comme par hasard, de retour en Italie, à Florence. Et que fais-tu ? Tu écris, en français, d'une belle écriture déterminée, mais avec des fautes d'orthographe amusantes, à celui que tu appelles « cher maître et ami (j'espère et je souhaite) ». Et tu lui fais comprendre, clairement, que tu souhaiterais le revoir. La réponse du « maître » ne tarde pas. Il serait ravi de te revoir. Il t'envoie une voiture à la gare.

Tu es accueillie telle une reine, avec des fleurs, des trompettes, des offrandes. Le maître est au garde-à-vous, vêtu d'un de ses plus beaux uniformes.

La nuit venue, il fait irruption dans la chambre la Léda, tel un vampire assoiffé. Il est nu sous son peignoir en soie. Tu le repousses. Il le prend mal. Le lendemain, il t'offre de la cocaïne.

Tu déclines.

Et ces repas, trop riches, servis à n'importe quelle heure. Le sommeil qui ne vient plus. Le manque de lumière. Tu as la tête qui tourne. Tu te sens de moins en moins à l'aise dans cette étrange maison. Les domestiques te regardent de travers, en particulier l'odieuse gouvernante, Aëlis. Visiblement, tu ne te plies pas aux ordres du maître. Cela ne se fait pas. Personne ne dit non à Gabriele d'Annunzio. Personne. Il vit entouré d'une clique de femmes en adoration, qui sont toutes ses maîtresses, ses protectrices. Derrière ton dos, on t'appelle « la Polonaise ».

Le portrait ? Oublié. Il y a bien eu cette pathétique tentative, toi devant ton matériel, le pinceau à la main, prête, et lui qui se lève, et qui t'enlace pour t'arracher un baiser. Là encore, tu le repousses. Tu lui dis, sèchement, que tu ne souhaites pas tomber enceinte, ni attraper la syphilis.

Le maître n'a plus beaucoup de patience. Toi non plus. Tu files à l'anglaise, sans un mot, au milieu de la nuit, avec ta valise, direction un hôtel à Gardone.

Tu pars pour Cannes, penaude, coupable. Comment vas-tu faire pour le peindre à présent ? N'as-tu pas tout gâché ? Tu envoies une lettre d'excuses embrouillée. « Je ne sais pas traduire ma pensée en paroles, je ne sais pas écrire. »

Le maître te répond que tout cela le « déchire trop doucement. Le malentendu se prolonge ». Dans une autre lettre, qu'il t'envoie au Carlton à Cannes, il t'avoue ceci, avec sa grandiloquence habituelle : « Je vous avais écrit une trop longue lettre mais si troublante et belle que je l'ai gardée en souvenir de la tragédie occulte. »

Puis il ajoute à la fin que « la Léda est impatiente ».

Il ne lâche pas le morceau, t'envoie lettre sur lettre. « Je veux. Je vous attends. »

Il t'écrit chez toi, à Paris. Chez ta mère aussi.

Tu retournes au Vittoriale, mi-séduite, mi-fataliste. Dix jours de pluie. Et la même situation qu'avant : bloquée.

Tant que tu ne seras pas dans le lit du maître, tu ne pourras pas le peindre.

Dans cette bataille d'ego, personne ne gagne. Personne ne perd, non plus.

Tu quittes la villa du maître, désabusée.

Mais lorsque tu arrives chez toi à Paris, début 1927, c'est le drame. Les lettres ardentes du maître se sont retrouvées entre les mains de Tadeusz.

Tu as beau lui dire qu'il ne s'est rien passé, il ne veut pas te croire.

C'est la dernière goutte, pour lui. Ton mari te fait une scène terrible, t'accuse de le tromper, de coucher avec tes amants italiens. Il n'en peut plus. Kizette assiste à ces cris, cette douleur.

Finalement, d'Annunzio te fera porter un poème, et une lourde bague en argent massif, surmontée d'une énorme topaze. Tu la porteras jusqu'à ta mort.

Tu n'as jamais revu Gabriele d'Annunzio.

C'est le début de la fin de ton mariage. Mais tu ne veux rien savoir. Tu y crois encore. Tu es persuadée que Tadeusz ne te quittera jamais.

Tu commences même à peindre son portrait. Il se plie aux séances de pose avec mauvaise grâce, vêtu de son grand pardessus gris-vert, son écharpe blanche, son haut-de-forme à la main.

Il est toujours beau, ton mari, mais son visage est à présent sombre, tourmenté. Ses cheveux noirs, que tu as tant de fois caressés, sont gominés. Il te regarde avec courroux ; ses yeux rougis sont luisants d'une haine larvée, ses lèvres amincies par un drôle de sourire, presque une grimace.

On dirait un héros noir et irréel, sorti tout droit d'un roman des sœurs Brontë. Les tons gris et ténébreux rajoutent à l'ambiance mortuaire du portrait. Il n'y a plus rien de joyeux, ni de léger, dans cette manière de présenter ton mari. Il se tient avec une raideur cadavérique, les épaules carrées, la tête penchée. Il est beau, mais il fait peur.

Tu ne le sais pas encore, mais ce tableau, c'est l'autopsie de votre mariage.

Tu n'as pas voulu appréhender que tes aventures italiennes allaient sonner le glas de votre union. Tu penses qu'être une artiste te donne tous les droits. Tu vas tomber de haut.

Un soir, froidement, Tadeusz déballe tout. Il est calme, maître de lui. Tu prends peur. Tu commences à comprendre, trop tard.

Il est amoureux d'une autre femme. Elle s'appelle Irène Speiss. C'est la fille d'un riche homme d'affaires polonais. Ils ont fait connaissance à Varsovie, pendant que tu profitais de tes parties de jambes en l'air en Italie.

Tu es sous le choc. Irène Speiss ? Cette grosse petite bonne femme ? Divorcée et plus âgée ?

Tadeusz enfonce le clou. Oui, cette grosse petite bonne femme. Irène n'a peut-être pas ton allure, tes longues jambes, ni ta jeunesse, mais elle est charmante, romantique, spontanée, tout ce que tu n'es plus. Et elle l'aime, lui !

Pendant qu'il t'assène la vérité, Tadeusz fait sa valise, tout aussi flegmatique. Tu restes là, abasourdie, à le regarder, sans pouvoir bouger.

Ton mari te quitte. Il ne t'aime plus. C'est fini. Tu ne veux pas y croire.

Ton monde s'écroule. Ton mari s'en va, tu es démunie. Jamais tu n'as cru que c'était possible, qu'il s'en aille.

Pendant que tu faisais la fête, pendant que tu te donnais à d'autres, que tu t'étourdissais d'extravagance, tu pensais, dans un coin de ta tête, que ton mari était là, et qu'il t'attendait. Pour toujours.

Ton beau Tadeusz. Celui que tu avais courtisé, celui qu'il te fallait. L'homme de ta vie. Le père de ta fille.

Tu t'accroches, désespérée, à Kizette. Tu es si mal que tu l'empêches même d'aller à l'école. Pendant quelques semaines, tu restes prostrée. Tu ne sors pas, tu ne te maquilles plus. Tu ne travailles plus. Tu ne peux plus rien faire. Ta fille ne t'a jamais vue comme ça.

Lorsque tu émerges enfin de ta déprime, tu décides d'aller récupérer Tadeusz. Tu vas te battre. Tu es Tamara de Lempicka, après tout ! Tu portes son nom ! Tu ne vas pas te laisser faire, tu ne vas pas laisser cette Irène Speiss te voler ton mari !

Tadeusz fait la sourde oreille. Il ne t'écoute plus. Tu parviens à le convaincre de passer des dernières vacances avec toi et votre fille sur le lac de Côme. Pour Kizette, qu'il adore, il accepte. Tu es persuadée qu'il va te retomber dans les bras.

Votre séjour est un cauchemar. Tadeusz ne cesse d'énumérer tout ce qu'il a supporté depuis onze ans. La liste est longue, et lui, très déterminé.

Tadeusz martèle tout ce que tu ne veux pas entendre. Tu n'as pensé qu'à toi, toutes ces années. Tout ce que tu fais, tout ce que tu dis, a un rapport avec ton art. Il n'y a pas de place pour autre chose, une autre personne, dans ta vie. Tu es obsédée par tes rencontres, qui tu vas pouvoir peindre, qui te rendra encore plus célèbre. Ta famille ? Tu t'en fiches. C'est ta sœur et ta mère qui ont élevé Kizette. Tu ne parles que de toi. Tu es le centre de ton univers. Tu ne penses qu'à l'argent, à ce que tu gagnes. Tu es devenue une femme qu'il ne reconnaît plus et qu'il n'aime plus.

Et toi, au lieu de reconnaître tes torts, au lieu de lui demander pardon, tu lui tiens tête. Quelle fierté ! Tu es incapable d'assumer ta part de responsabilité.

Vos disputes sont si sonores que le directeur de l'hôtel vous sermonne. Kizette, terrorisée, se bouche les oreilles.

Hors de toi, tu prononces ces phrases horribles que tu regrettes immédiatement : « À qui tu parles ? Je suis une artiste, moi, et toi, un raté qui n'est même pas capable d'avoir une aventure avec une jolie fille, et qui se tape le premier laideron qui croise sa route. »

C'en est trop pour Tadeusz. Il s'en va, pour de bon. C'est terminé.

Tu sanglotes à même le sol, agrippée à ta fille, désespérée.

Tu vas devoir affronter l'humiliation d'être une femme quittée. Tu trouves cela insupportable, qu'on puisse avoir pitié de toi.

Lorsque tu rentres à Paris avec ta fille, et que tu te trouves face au portrait de ton mari, qui n'est pas terminé, tu sais ce qu'il te reste à faire pour que tu te sentes un peu mieux. Tu achèves le portrait, soigneusement.

Sauf la main gauche de Tadeusz, que tu laisses telle quelle, sans la colorer. Impossible pour toi de peindre la main de ton mari sans son alliance.

Tu choisis un titre impitoyable : *Portrait d'homme inachevé*.

Le divorce est prononcé en 1928.

R

COMME REBELLE

« *Each one of my paintings is a self-portrait.* »

Tamara de Lempicka

Chacun de mes tableaux est un autoportrait.

Pour lutter contre le chagrin qui t'envahit jour après jour, il n'y a qu'une chose à faire.

Travailler. Travailler sans relâche.

Entre 1927 et 1929, tu engendreras tes plus splendides tableaux. Tu les peins avec rage, avec passion, avec douleur. Tu écoutes Wagner en boucle.

Tadeusz ne reviendra jamais. Mais toi, tu dois poursuivre le chemin de ta renommée.

Tu ne fais pas les choses à moitié. Après avoir passé quelques semaines au lit, accablée, tu te remets à sortir avec frénésie. Tu es capable de peindre douze heures d'affilée, sans t'arrêter.

Un article élogieux dans la célèbre revue américaine *Vanity Fair* te redonne confiance. Tu panses tes blessures grâce à cette nouvelle parution. Lorsque le grand magazine allemand *Die Dame* te propose de réaliser une de ses couvertures (avec un cachet alléchant à l'appui), tu acceptes avec allégresse.

C'est pour *Die Dame* que tu exécutes ce fameux autoportrait dans une Bugatti, même si tu n'as pas de Bugatti. Encore une fois, tu façonnes ta propre légende. Cette image d'une femme libre et puissante au volant d'un bolide, féminine, élégante et maîtresse de son destin, te propulse encore plus haut.

Un portrait qui devient l'emblème de toute une époque. Ce sera ta toile la plus notoire.

Kizette, ta fille, se révèle être un de tes modèles préférés. Sage et obéissante, elle se plie aux séances de pose sans ronchonner. Elle a une dizaine d'années, un visage d'ange, des boucles blondes.

Tu la peins en robe rose, puis sur votre balcon, ou encore tout en blanc, un livre à la main. En 1928, tu fais son portrait en communiante. Kizette te porte chance, car un de ces portraits obtiendra le premier prix lors du prestigieux Salon international des beaux-arts de Bordeaux.

Ces longues sessions vous rapprochent. Toi qui n'as jamais vraiment été mère, tu apprends à connaître celle qui t'appelle « Chérie ».

Ton cercle d'intimes ne sait même pas que tu as une fille. Tu triches sur son âge, comme tu triches sur le tien. Tu ne précises pas que ce jeune modèle est ton enfant. Ces tableaux deviennent ta façon de tisser une complicité avec Kizette.

Dans la rue, tu arrêtes des gens parce que tu les trouves beaux. Ils acceptent toujours de poser pour toi. Tu sais les convaincre. Comme ce jeune pompier qui sera l'Adam d'un de tes plus beaux nus. Une jolie femme te dit oui, un soir au théâtre, alors que tu avais admiré son dos pendant toute la représentation. Tu pressens qu'il s'agit d'une héritière. Elle ne te dira pas son nom, restera mystérieuse jusqu'au bout, et se fera peindre par toi. Tu n'en sauras pas plus.

Un jour, au bois de Boulogne, en faisant ta promenade quotidienne, tu croises une jeune femme qui deviendra un de tes modèles les plus symboliques.

Tu aimes te rendre au bois le matin, alors qu'il y a encore peu de monde. Tout à coup passe une brune qui aimante ton regard, tant elle dégage beauté et sensualité. Une petite ronde au corps souple et harmonieux, avec de grands yeux noirs. Tu n'hésites pas longtemps. Tu te présentes ; tu expliques que tu es peintre et que tu aimerais qu'elle pose pour toi. Nue. Oui, nue.

La jeune femme ne semble pas étonnée. Elle accepte. Tu la ramènes rue Guy-de-Maupassant en voiture.

Elle se déshabille, elle s'allonge, se couvre à peine avec une étoffe couleur orange, et tu commences ton travail.

Sa peau laiteuse et veloutée est un délice. Les arrondis de son corps te donnent le vertige. La peindre, c'est comme lui faire l'amour. Elle est un fruit gourmand et charnel qui s'offre à toi. Jamais tu n'as représenté une femme avec tant de désir. Elle t'inspire follement.

L'as-tu aimée ? On ne sait pas. Peut-être, vu l'ardeur de ton trait. Pendant un an, elle posera pour toi. Grâce à elle, tu esquisseras tes plus beaux nus.

Sur le plus admiré de ces tableaux, la jeune brune est sur le dos, quasi offerte, les yeux clos, la bouche entrouverte. Ses ongles nacrés effleurent la pointe de son sein droit.

Elle s'appelle Rafaela.

Les rémunérations que tu exiges grimpent allégrement. Tu commences à cinquante mille francs, mais cela monte parfois plus haut. Tu travailles avec rapidité ; tu peux finir un portrait en trois semaines.

Tu peaufines cet idéal glacé qui est ta marque de fabrique. La réalité n'effleure pas tes sujets. Ils demeurent figés dans leur monde parfait, où ils règnent en maîtres.

Ton flamboyant portrait du grand-duc Gabriel Constantinovitch en est l'exemple le plus frappant. C'était l'homme qui avait participé à l'assassinat de Raspoutine, avec le prince Felix

Youssoupoff, ton ami de Saint-Pétersbourg. C'est à présent un être morose qui vit aux crochets de sa maîtresse, mais tu parviens à lui rendre sa combativité d'antan. Vêtu d'un uniforme écarlate (emprunté à un autre ami), bardé de satin ivoire, les mains gantées. Tu insuffles à ton sujet les traits acérés d'un impitoyable rapace. Ses immenses épaules carrées impressionnent.

Cela te plaît toujours, qu'on te compare à l'actrice Greta Garbo, élégante et stylée. Avec tes cachets, tu peux te permettre des robes de Marcel Rochas, le jeune couturier à la mode. Tu passes du temps chez le coiffeur, tu te maquilles avec soin. Tes faux cils accentuent le bleu de ton regard. Rien de ton apparence n'est laissé au hasard.

Plus tes tableaux décrivent la perfection, plus tu l'appliques à toi-même. À trente ans, tu es à l'apogée de ta gloire et de ta beauté. Les cigarettes n'ont pas encore commencé à flétrir ta peau.

Tu as un nouvel homme en vue. Pas un de ces jolis garçons à qui tu donnes quelques heures de ton temps et que tu ne revois jamais. Non, un homme d'âge mur.

Il n'est pas franchement beau. Rondouillard, chauve, au grand nez. Mais c'est la sécurité que tu recherches. Quelqu'un sur qui tu peux t'appuyer. Tu n'as plus de mari. Il t'en faudrait un autre.

Mais attention, pas n'importe qui. Un homme capable de comprendre ton art, et ton tempérament d'artiste. Un homme qui aime ce que tu fais. Un homme qui s'intéresse à l'art, ce qui n'était pas le cas de Tadeusz.

Baron Kuffner de Dioszegh. Cela sonne bien, non ?

Qui est-il, cet homme qui s'intéresse de si près à ton œuvre ?

Raoul de Kuffner est hongrois, et très riche. C'est un monsieur pondéré et sagace. Père de deux enfants, nés en 1914 et 1919, il a une femme, et des maîtresses.

Un grand connaisseur d'art. Visiblement aimé et respecté. Et lui, il respecte avant tout ton travail. Il te prend au sérieux. Il suit ton parcours depuis cinq ans. Il achète un grand nombre de tes toiles. C'est le plus beau des compliments.

Il te propose, un jour de 1929, de peindre sa maîtresse du moment, une danseuse andalouse, Nana de Herrera. Mais tu fais aussi le portrait du baron, à l'encre, où il lit, tout en fumant une cigarette. Ce croquis est empreint d'une certaine tendresse, comme si tu avais déjà des vues sur lui.

C'est moins le cas pour la fameuse Nana. Tu la trouves mal fagotée, peu élégante, tout sauf chic. Comment faire ? Elle ne t'inspire pas. Même dénudée, attifée avec de la dentelle noire, une couronne de gardénias blancs, elle ne te fait aucun effet.

Alors tu lui demandes de danser. Et son corps et son visage prennent un aspect qui subitement te plaît davantage. Mais parce que tu as une pointe de cruauté, tu fais en sorte que cette femme ne soit pas mise en valeur : sur le portrait, ses épaules paraissent maigres et osseuses, son sourire est un rictus qui fait plus peur qu'envie.

Il faut se méfier du pinceau de Tamara de Lempicka. Il peut sublimer, magnifier, mais aussi se révéler impitoyable.

Nana de Herrera en fait les frais. Aucune importance. Elle est peu de chose dans la vie du baron Kuffner. Et toi, tu vas t'y faire une place, petit à petit.

D'autres clients aisés et influents se présentent. Il y a le très riche docteur Boucard, collectionneur d'art qui fait déjà partie du cercle grandissant de tes acquéreurs, inventeur du Lacteol, spécialité lactique pharmaceutique prescrite pour le traitement de l'entérite. Il souhaite à présent que tu fasses le portrait de sa famille, de lui-même, sa femme et sa fille. Il te rémunère grassement, et achète à l'avance ta création future d'une année entière. Tu n'hésites pas à lui réclamer un prix exorbitant, que tu obtiendras. Tu n'as jamais évoqué le montant exact de ton salaire, mais ta fille dira dans son livre que ce fut un moment déterminant dans ta carrière.

Le portrait que tu fais du docteur en 1928 est à la hauteur des attentes de ce dernier. On dirait qu'il sort tout droit d'un écran de cinéma, avec une blouse blanche au col relevé qui lui donne l'allure d'une gravure de mode, une cravate épinglée d'une perle, sa fiole de laboratoire dans la main droite, et un microscope calé sous sa paume gauche. Tu le rends à la fois enjôleur et éminemment professionnel, à l'apogée de sa renommée mondiale.

Quant à la fille adolescente du docteur Boucard, Arlette, tu choisis de la représenter accoudée sur un côté, avec en toile de fond le port de Cannes, dans une version cubiste surprenante, et le yacht de son père, le *Lacteol*. La jeune fille arbore un regard clair et impénétrable, tout en dévoilant des genoux ronds. Étrange mélange d'innocence et de séduction. Pour la petite histoire, Arlette Boucard deviendra ravissante, et tu referas un portrait d'elle plus tard.

La robe opulente de madame Boucard, ses fourrures, ses ongles rouges et ses bijoux étincelants lui prêtent une aura de star sous les feux de la rampe. Intéressant, comme tu as souligné sa poitrine, dont un sein qui jaillit insolemment du satin, contrastant avec la pureté mélancolique de son visage patricien.

7, rue Méchain.

Une rue tranquille du quatorzième arrondissement, à Paris, entre l'hôpital Cochin et le boulevard Arago.

C'est là que tu t'installes en 1929, quittant la rive Droite, et que tu vis pour la première fois dans un quartier que tu as toujours aimé.

Tu vois les choses en grand. Tu peux te le permettre. C'est ta sœur, Adrienne, et le célèbre architecte Robert Mallet-Stevens qui vont créer l'intérieur dont tu as toujours rêvé.

C'est d'ailleurs le seul immeuble d'habitation construit par Mallet-Stevens dans la capitale.

Cent cinquante mètres carrés en duplex, rien que pour toi.

Un bijou qui s'ouvre sur deux étages. Le calme, avec pour vue les jardins arborés du couvent des sœurs de Cluny. Rien ne viendra troubler ton sommeil.

L'atelier-salon, grandiose, éclairé d'une immense verrière, fait soixante mètres carrés, avec six mètres de hauteur sous plafond. Tu peux autant y peindre que recevoir.

Ta sœur imagine un décor dépouillé, à base de chrome et de verre sablé, au mobilier en acier tubulaire, le tout dans le plus pur style Art déco. Les coussins du canapé portent ton monogramme.

Tu as enfin trouvé ton écrin. L'endroit idéal pour montrer au monde entier que tu as réussi. À quel point tu as réussi. La presse réagit immédiatement à cette nouvelle demeure. Comme tu l'espérais.

Tu poses en robe du soir et diamants, ta palette à la main, au pied de l'escalier monumental. Tu es même filmée dans ton atelier, telle une actrice, pour un court reportage intitulé « Un bel atelier moderne ». Une voix off langoureuse déclare : « On peut être un grand peintre et une jolie femme. »

Des images de rêve où on te voit devant ton chevalet, en train de travailler avec entrain, puis en robe vaporeuse du soir, te pavanant face à ta coiffeuse. Une rangée de flacons de parfum est alignée devant toi. Tu te contemples dans le miroir. Oui, tu es belle. Et tu as envie que le monde entier le sache. Tu passes un peigne avec fermeté dans tes cheveux, sans aucune gêne, comme si c'était normal que tu t'exposes ainsi, dans ton intimité de grande mondaine. On te voit descendre ton magnifique escalier, le menton levé, maniérée, cigarette aux lèvres, étole négligemment jetée sur ton épaule. Marlene Dietrich n'aurait pas fait mieux. Plus tard, un serviteur de noir vêtu, obséquieux, te sert un dîner solitaire tandis que tu fumes, enveloppée d'une rêverie artificielle et si photogénique.

Ne te rends-tu pas compte que ces mises en scène étudiées, tout à ta gloire, compromettent ta réputation, te faisant passer pour une snob, avant d'être ce que tu veux être avant tout : une artiste ?

Dans ta course folle vers le succès, n'oublies-tu pas les avertissements de tes amis de Montparnasse, ceux qui te chuchotaient à l'oreille qu'on commençait à parler davantage de tes robes que de tes tableaux ?

Encore. Tu veux encore. Et encore. Rien ne t'arrêtera.

En septembre 1929, tu acceptes une invitation d'un jeune milliardaire américain, le businessman Rufus Bush. Il souhaite que tu fasses le portrait grandeur nature de sa ravissante femme, à New York, et te propose une somme sympathique, avec voyage en première classe de surcroît. Tu veux bien, mais seulement s'il multiplie cette somme par quatre. Et il dit oui.

Te voilà partie pour Manhattan pour trois semaines. Kizette est sous la garde de Malvina, rue Méchain. (Que ferais-tu sans ta mère et ta sœur !)

Dans tes lettres, tu leur décris les deux Rolls-Royce qui t'attendent sur le port, le raffinement de l'hôtel Savoy, où tu passes ton séjour. C'est la première fois que tu vois en vrai les gratte-ciel new-yorkais, ceux que tu intègres dans tes toiles et qui t'inspirent tant.

Tu avais prévu de te mettre tout de suite au travail, mais les Bush ont une autre mission pour toi, et d'importance, puisqu'il s'agit de choisir la tenue que portera madame Bush pour son portrait. Défilé de couturiers et boutiques. Attente. Patience. Les choses se passent différemment de ce côté de l'Atlantique, tu l'apprends.

Après de longues hésitations qui t'énervent, car tu aurais préféré être en train de peindre, un tailleur rouge est retenu. La tenue est confectionnée en un seul jour ! Tu n'en reviens pas. C'est ça, l'Amérique. L'efficacité.

Tu peins la jeune femme tout en sirotant du champagne, parce que cela se fait ainsi, à New York. Ton modèle reçoit un flot ininterrompu de visites de ses amies. On t'embrasse, on te fête. Oubliée, balayée, la concentration parisienne ! Ici, on joue et on travaille en même temps. Et cela ne te déplaît pas.

Le portrait de madame Bush est déroutant. Son regard bleuté, presque blanc, impressionne. Ses lèvres fines, rouges, sourient à peine. Est-elle belle ? Certainement, mais il n'y a rien de doux chez cette longue jeune femme anguleuse, avec ses cheveux courts et ses hautes tempes d'intellectuelle qui bourdonne d'énergie. Élégante, racée, elle semble n'avoir peur de rien. Tu en as fait une de tes héroïnes des temps modernes, ces déesses taillées d'acier qui ne font qu'une bouchée de la vie.

La presse américaine ne sait pas dans quelle catégorie te ranger. Tu échappes à leur classement. Tu es à la fois mondaine, artistique et terriblement européenne. Tu fascines.

Il se passe quelque chose que personne n'attendait, et surtout pas toi. Le monde de la finance s'écroule le 24 octobre 1929 à Wall Street. Ton généreux mentor Rufus Bush et d'autres sommités de la Bourse subissent une semaine noire qui marquera leur existence à jamais. Tu ne sais pas encore à quel point cette catastrophe financière t'affectera. Mais tu sais que tu n'y échapperas pas. Heureusement, les Bush te paient ce qu'ils te doivent. Tu te dis que tu vas devoir trouver d'autres clients, rapidement. C'est ce que tu fais, dans ce Manhattan fébrile et fou qui continue à faire la fête, malgré tout. Tu prolonges ton séjour. Tu parviens même à préparer une exposition au Carnegie Institute de Pittsburgh.

Tu avais promis à ta fille d'être de retour pour Noël. Promis, juré. Mais tu t'entiches d'un riche cow-boy d'Arizona qui t'invite dans son ranch. Difficile de résister à sa carrure et son sourire. Te voilà partie avec lui.

Rue Méchain, Kizette découvre avec chagrin dans tes lettres que tu ne seras pas là le 24 décembre. Elle est effondrée. Ta mère voit rouge. Devant ta fille sidérée, elle découpe silencieusement et furieusement tes bérets, capelines, cloches, bonnets, bibis, toques et turbans avec des ciseaux, puis jette ta collection dans la cheminée. Le tout part en fumée. C'est ta punition. Tu la découvriras en rentrant chez toi en janvier 1930. Le message de ta mère est clair. Même si on est une grande artiste, la famille passe en premier.

De retour à Paris, tu poursuis ton train de vie, ton travail, tes sorties. Tu es de tous les bals masqués, les fêtes les plus somptueuses, dont celle du flamboyant couturier et parfumeur Jean Patou, qui vient de lancer, en pleine crise financière, comme un pied de nez à la sinistrose, le parfum le plus cher au monde, Joy, capiteux effluve de rose et de jasmin.

Rien ne semble t'atteindre, surtout pas les houles économiques. Mais tu ne sais pas encore que ta période dorée est derrière toi. Tu ne vois pas. Ou tu ne veux pas voir. Tu ne sais pas que bientôt un seul homme va changer le destin du monde. Et le tien.

Tu n'as que l'Amérique à la bouche. Tu as révéré son rythme trépidant, la démesure de Manhattan, les contrastes de ce vaste pays ; ces femmes qui flirtent, qui prennent les devants. En rentrant de tes soirées, tu travailles tard en écoutant *Madame Butterfly*.

La vie est belle. Pour l'instant.

C'est le décès brutal de ton ami peintre Jules Pascin, le « prince de Montparnasse », qui sonne le glas de ta joie de vivre en juin 1930. Il s'est donné la mort dans son atelier, à quarante-cinq ans. Le jour de ses funérailles, toutes les galeries parisiennes ferment. Il y a foule à son enterrement. C'est le début d'une longue mélancolie qui va t'affecter petit à petit.

Tu commences à comprendre que les années 1920 t'ont permis de vivre à ta guise, librement. Tu pouvais faire exactement ce que tu voulais. Tu étais autonome. La période te l'autorisait.

Les années 1930 s'annoncent sous des auspices plus sombres. Retour à la réalité. Les

Années folles sont loin derrière. D'où vient ce spleen qui s'insinue dans ta vie ? Et surtout, comment le chasser ?

Tu as trente-cinq ans. Tu es encore jeune, mais tu crains ce qui s'annonce, ce que le temps fera de ta beauté, de ton énergie.

Kizette devient une jeune fille fraîche et jolie. Elle est inscrite au cours Dupanloup, à Boulogne, puis en pension en Angleterre. Et finalement, ta fille te manque lorsqu'elle n'est plus là. Un comble. Tu as des maux de ventre, ce que tu n'avais jamais ressenti auparavant. Cette nouvelle fragilité physique et morale te pèse.

Autour de toi, le monde change. Ton art s'en trouve modifié. Tu peins désormais sur des panneaux de bois, au lieu de la toile. C'est plus durable, moins onéreux, mais plus compliqué à transporter. Tu exposes au Jeu de Paume, en 1932, puis chez toi, dans ton atelier, la même année. La presse s'intéresse autant aux petits-fours et aux cocktails que tu fais servir qu'à ton art. Mais c'est tout de même un succès.

La publicité, tu connais. Faire parler de toi, de tes bijoux et de ton porte-cigarette, tu sais aussi. Si tu avais été parmi nous aujourd'hui, tu aurais été la reine des réseaux sociaux, la déesse d'Instagram.

Tu me fais penser à Madonna, qui s'est toujours mise en scène avec la même attention au détail, la même soif de perfection, et une pointe d'exhibitionnisme. Selon vous, il faut non seulement faire rêver, mais aussi susciter le désir. Madonna s'est offert plusieurs de tes tableaux qui trônent dans son appartement new-yorkais. La chanteuse a même déclaré en 1990 : « J'ai une tonne de ses toiles chez moi à New York. J'ai un musée Lempicka ! » Légère exagération, mais elle en possède tout de même quatre, dont *Nue à la colombe*, *Andromeda* et le fameux *Nana de Herrera*, portrait de l'ex-fiancée du baron Kuffner.

Je me demande comment tu te serais entendue avec cette blonde ambitieuse, qui affiche la même provocation. Aurais-tu été agacée ? Ou flattée ?

Le mariage de Tadeusz avec Irène Speiss, en mars 1932, accroît d'un cran ta tristesse.

Il ne sera plus jamais à toi. C'est une page qui se tourne, et tu en souffres. Comme d'habitude, tu te jettes dans ton travail pour tenter d'oublier. Tu fais le portrait de la reine de Grèce et du roi d'Espagne. Ce dernier te trouve arrogante, et toi, tu le juges trop bavard.

Tu retournes à Montparnasse, dans les ateliers de peintres, pour trouver d'autres modèles. Il te faut étendre ton répertoire, peindre des vieillards, des enfants, des paysans. Changer ton regard. Prendre de nouveaux risques. Ne pas toujours te cantonner aux riches, aux aristocrates. Tu continues d'exposer dans les musées, dans les galeries.

Il y a une nouvelle femme dans ta vie. Une grande tige au regard sensuel planqué sous une frange platine. Elle s'appelle Suzy Solidor. Son corps androgyne et fin t'inspire, et sa voix, « qui part du sexe », comme disait Jean Cocteau, te fait chavirer. Suzy dirige un cabaret couru de la rue Sainte-Anne, La Vie Parisienne. Elle est la chanteuse la plus croquée du moment. Tu as un vrai coup de cœur pour Suzy, qui collectionne les aventures.

Elle pose pour toi, nue. Tu mets toute ta passion dans ce portrait, où on la voit un bras levé, langoureusement, ses yeux noisette te fixant avec une tendresse mutine. Une jolie main fine retient un drap froissé qui dévoile le globe d'un sein parfait.

Dans cette fièvre de travail, tu penses toujours à ce nouveau mari. Il y a des hommes qui te courtisent, comme un riche médecin russe que tu rencontres dans un spa au lac de Côme et avec qui tu as une petite aventure. Il semble très épris et souhaite te couvrir de bijoux, mais tu te méfies de ces tempéraments slaves et possessifs. Tu as déjà donné.

C'est le baron Kuffner qui revient à la charge. Sa femme est décédée d'un cancer, en 1933. Le voilà libre. Il veut t'épouser. Mais que ressens-tu pour celui que tu appelles affectueusement « Rollie » ? Cela n'a rien à voir avec les sentiments passionnels que tu nourrissais envers Tadeusz. Tu ne l'aimes pas d'amour. C'est une sorte de camaraderie teintée de tendresse. Rollie ne veut pas que tu changes tes habitudes.

Tu peux garder ton studio, tes amants, tes maîtresses, tes sorties, tes soirées. Il aura aussi sa vie de son côté. Vous serez complices, car c'est un grand admirateur de ton talent. Il veut juste ton bonheur. Comment refuser ?

Tu hésites encore. As-tu vraiment le temps et l'envie d'avoir un mari ? Tu as tant de travail. Même ta fille t'écrit pour te supplier de te reposer un peu. C'est ta mère qui vient te sermonner. Malvina te secoue. Tu dois arrêter de jouer à la petite fille gâtée. Tu penses que tu vas avoir une meilleure offre ? Tu es ridicule ! Bientôt, tu ne seras plus si jeune, si belle. Tu dois épouser Rollie. Il est bon, et attentionné. Et il a plein d'argent. Tu n'auras plus à te tuer au travail. Tu pourras enfin te reposer sur un homme.

Pour une fois, tu écoutes Malvina. Tu épouses ton gentil baron à Zurich, en 1933, et vous passez votre lune de miel en Égypte, puis tu te rends avec lui en Hongrie, visiter son vaste domaine.

Devenir la baronne Kuffner de Dioszegh te va très bien.

« J'ai épousé mon meilleur client ! » Une boutade, pourtant véridique. Ton nouveau mari accepte sans broncher ta double vie. Il ne te fait aucune scène. Tu continues à sortir, à t'amuser, à séduire.

Le peintre et journaliste Michel Georges-Michel raconte à un de tes biographes qu'un soir, à Cannes, il se trouve dans un bar minable et sordide, peuplé de marins et de catins, lorsqu'il remarque une femme élancée, seins nus, coiffée d'un incroyable bonnet d'âne qui masque ses cheveux. Il admire sa vertigineuse chute de reins lorsqu'elle lui tourne le dos. Qui est cette séductrice ? Aucune idée.

Le soir même, il se rend à une soirée prestigieuse sur la croisette. À un moment, on lui tape sur l'épaule. Il se retourne, confronté à une grande blonde couverte de bijoux, cigarette à la main. Elle lui sourit, lascive. « Vous étiez dans un endroit très étrange, tout à l'heure. »

C'est toi.

Derrière cette vie mondaine et en dépit de ton mariage, des fissures apparaissent. Tu n'arrives pas à te débarrasser de ta mélancolie. Elle te poursuit, comme un long ruban noir. Est-ce l'époque qui t'angoisse ? La montée en puissance de ce chancelier allemand dont le nom est sur toutes les lèvres ? La situation politique de l'Europe est de plus en plus tendue. Fragilisée par la crise de 1929, la France est touchée par un chômage en augmentation et une misère de plus en plus courante.

Dès 1934, le futur s'annonce morose. Tu commences à te poser beaucoup de questions. Tu te souviens de la passivité de ta famille, et de votre cercle d'amis, lors des prémices de la révolution russe. Vous aviez fermé les yeux. Vous aviez cru que vous étiez protégés par votre rang, par votre fortune. Ce que tu lis dans les journaux, ce que tu entends à la radio te fait peur. Le parti nazi prend une ampleur sans précédent.

Paris est secoué par les événements du 6 février 1934. Une violente manifestation anti-parlementaire éclate place de la Concorde. Des voitures sont brûlées, des coups de feu tirés. Les manifestants d'extrême droite et les anciens combattants protestent contre la formation d'un nouveau gouvernement de centre-gauche. Il y a une quinzaine de morts et plus de deux mille blessés. Ce sang qui coule sur les pavés parisiens ravive douloureusement ton passé.

Ton Paris adoré n'est plus un refuge. Tu ne t'y sens plus en sécurité. Tu pars faire une cure de repos en Italie. Lorsque tu rends visite à ta famille en Pologne, tu passes par Berlin pour voir des amis. Tu constates avec effroi que les rues sont remplies de soldats nazis. Tes amis berlinois sont affolés par ta présence dans leur ville. Ils te disent que c'est terriblement dangereux, que tu n'as pas de permis. Tu ne comprends rien à leur discours. Quel permis ?

Ils t'emmènent à la police pour l'obtenir. Le type derrière le bureau te toise d'un œil mauvais. Lui aussi porte l'insigne nazi. Il te demande pourquoi tu n'as pas de permis de séjour. Tout à coup, il semble te reconnaître. Tu es bien la Tamara de Lempicka dont les tableaux apparaissent dans *Die Dame* ? Tu acquiesces. Il dit que sa femme adore ton travail, lui aussi. Mais tu dois absolument quitter Berlin, le plus vite possible. Et ne jamais revenir. C'est clair ? Tu paies une petite amende, et tu rentres à Paris sur-le-champ, épouvantée.

En 1935, tu écris souvent à un ami collectionneur italien, Gino Puglisi. Tu exposes tes états d'âme, ta déprime. Tu lui expliques que tu passes beaucoup de temps au lit, à broyer du noir. Tu n'arrives plus à travailler. Tu ne dors plus. Le soleil italien te manque. Tu lui dis même, dans une autre lettre, que tu as parfois envie de mourir.

Ton mari, inquiet, t'emmène dans une clinique psychiatrique à Zurich.

Tu subis une année noire, minée par la dépression. Rien ne semble te rendre ton sourire. Tu parviens malgré tout à participer à quelques salons, et collabores à l'Exposition universelle au Champ-de-Mars. Mais le cœur n'y est plus.

Ta vie ne te plaît pas. Plus d'ardeur, plus de joie. Plus d'intensité. Ton mari réside à l'hôtel Westminster, toi rue Méchain. Ce mariage sans passion te mine, finalement. Vous fréquentez les meilleurs restaurants, vous allez souvent à Venise, mais tu ne retrouves pas ta joie de vivre.

Tu peins d'étranges et sombres tableaux qui n'ont rien à voir avec les précédents : des personnages abîmés par la vie, au visage flétri, ou marqués par la religion, dont *La Mère supérieure*, aux joues ridées, pleines de larmes. À l'opposé des images de perfection que tu affectionnes. Tu cherches des réponses, des pistes. Jamais tu n'as connu une telle insécurité intérieure.

Tout recommencer.

Partir.

Fuir ?

Et si c'était possible ?

Et si c'était la seule solution ?

Tu as passé ta vie à déguerpir devant l'histoire. Voilà que les événements mondiaux te rattrapent à nouveau. Une autre guerre se profile à l'horizon.

Il est encore temps. Tu as encore le choix.

Mais ce que tu ne sais pas, ce que tu t'imagines même pas, c'est que tu ne seras plus jamais la grande Tamara de Lempicka.

A

COMME ARTISTE

« My best painting is the one
I have not yet done. »

Tamara de Lempicka

Mon meilleur tableau est celui
que je n'ai pas encore peint.

Je me promène rue Méchain, sur tes traces. J'aurais tant aimé te voir émerger du numéro 7, enveloppée dans une fourrure, ta cigarette à la main, ton béret sur tes cheveux blonds. J'entends presque tes talons claquer sur le trottoir.

Qui vit dans ton duplex à présent ? J'aimerais savoir si ces personnes captent l'essence de ce que tu as laissé là, ces vestiges invisibles de ton long séjour ici.

Retour à 1939. L'heure du départ a sonné pour toi et ton mari. Je t'imagine, là, derrière ces murs, organisant ton dernier cocktail, disant à tes invités, avec légèreté, que vous serez de retour dans quelques mois, que ce n'est qu'un départ temporaire.

Je me demande si tu as fait tes valises avec tristesse, sans savoir vraiment quand tu allais revenir. Ton mari a vendu une grande partie de ses propriétés et fait transférer en Suisse ses collections. Il n'y a pas de temps à perdre.

Hitler a annexé l'Autriche et se prépare à envahir le reste de l'Europe. Tu décides avec Raoul de choisir l'Amérique, ce pays qui t'avait tant plu en 1929. Dix ans plus tard, tu t'y installes, et tu fais rapatrier Kizette en Californie, ainsi que la fille de Raoul. Vous y serez en sécurité.

Pas évident pour toi d'être confrontée à ces deux jeunes filles ravissantes alors que tu es persuadée d'avoir pris un coup de vieux. Tu demandes d'ailleurs à Kizette si tu peux la faire passer pour ta petite sœur. Elle accepte, bonne fille. Et puis quoi encore, Tamara ?

C'est Hollywood qui t'attire. Tu te dis que tu pourrais y briller, comme une étoile de cinéma.

Cela pourrait relancer ta carrière. Tu poses pour les photographes dans le jardin de votre villa à Beverly Hills. On te voit, la palette à la main, impeccablement coiffée, vêtue d'une incroyable jupe transparente.

Les articles pleuvent. On te surnomme « la Baronne au pinceau » et la presse se régale de tes soirées somptueuses. Tu reçois trois cents personnes, plusieurs fois par mois. Du beau monde.

Bientôt, on ne parle que de tes soirées, plus du tout de ton art. Lorsque tu donnes des interviews, c'est pour expliquer comment une femme doit se coiffer, se maquiller, et surtout comment séduire et garder un homme. Un reporter exaspéré dira de toi que tu préfères parler de tes fêtes hollywoodiennes que de ton travail.

Tu as raté ton coup. *La Fuite*, que tu peins en 1940, semble passer inaperçu. On y voit une femme aux yeux rougis, éplorée, aux vêtements fripés, qui serre un bébé dans ses bras. Les teintes verdâtres et grises, le ciel bas et lourd ajoutent une touche d'oppression au tableau. Un écho au *Réfugiés* que tu avais peint un peu plus tôt : une mère et son fils en exode, défaits, terrifiés, enlacés dans un train.

Malgré une exposition plus ou moins réussie à la Julian Levy Gallery, à New York et à Los Angeles, tu comprends douloureusement que tu n'es plus que la baronne Kuffner, un nom glamour sur une liste de VIP.

L'héritière Gloria Vanderbilt écrira dans ses *Mémoires* qu'elle se souvient de la préparation d'un grand gala à Hollywood avec sa mère, et que cette dernière s'était écriée qu'il ne fallait pas oublier la baronne Kuffner, « si drôle et qui peignait de façon si amusante ».

Tu es considérée comme une artiste dépassée, « has been ».

Ce qui ne t'empêche pas de travailler d'arrache-pied. Tu te remets à peindre des natures mortes, les unes après les autres, minutieusement exécutées, mais la sauce ne prend pas. Cette époque semble ne pas vouloir de toi.

Ce n'est pas entièrement de ta faute. De nouveaux goûts, de nouveaux courants se créent sans toi, menés par Jackson Pollock, peintre de l'expressionisme abstrait, audacieux et moderne. Lorsque la célèbre collectionneuse Peggy Guggenheim ouvre sa nouvelle galerie, aucune de tes œuvres n'y figure.

La guerre qui fait rage en Europe te force à te concentrer sur autre chose que ton art. Tu souhaites venir en aide, à ta façon.

Après l'attaque de Pearl Harbor, en décembre 1941, ta frénésie de cocktails et de soirées se calme. Tu offres un tableau à l'association Freedom Speaks et tu t'engages dans plusieurs associations en tant que bénévole.

Au moment où tu organises une exposition au Milwaukee Institute of Art, Kizette rencontre un jeune homme, Harold Foxhall, surnommé « Foxy ». Il est son partenaire de tennis. Un beau géologue de vingt-cinq ans, originaire du Texas. Tu approuves. Ta fille se marie, et suit son jeune époux à Washington.

Tu tires un bilan mitigé de ton épopée californienne. Ton nom a fait couler beaucoup d'encre, mais pas dans la direction que tu souhaitais.

Il serait temps de prendre un nouveau départ.

En 1943, tu t'installes avec ton mari à Manhattan. Votre nouvelle adresse est au 322 East, 57th Street, dans un immeuble cossu et moderne qui te plaît d'emblée. Tu fais décorer le duplex dans un style baroque et chargé. Les plafonds très élevés et la lumière du nord vont te permettre de te remettre au travail.

Un matin, le majordome, affolé, te retrouve inanimée sur le sol de ton studio. Les médecins déclarent que tu es épuisée. Tu dois rester hospitalisée une semaine. C'est le premier signe de l'artériosclérose qui te ronge.

Pour ne pas sombrer dans une nouvelle dépression, tu t'impliques dans des œuvres caritatives, tu donnes encore des fêtes somptueuses comme si tu voulais te perdre dans un tourbillon frivole.

Tous les jeudis, à seize heures, tu reçois chez toi une dizaine d'invités pour le thé. On y croise des aristocrates guindés, et parfois de jeunes artistes sans le sou et charmants. Tu manies ton samovar familial avec dextérité.

Ce que tu parviens à peindre à présent, ce sont des copies de tes tableaux les plus célèbres. Un drôle de retour en arrière. Tu t'y attelles avec concentration. Mais la passion, la fougue manquent à ton travail. À ta vie aussi, sans doute.

Tu es dans la quarantaine, et tu supportes mal de vieillir. La seule façon de rendre la vie tolérable, c'est de s'amuser. Sortir. Inviter, encore et encore.

Montparnasse et les Années folles te semblent loin. Même si tu continues de travailler, tu t'enfonces petit à petit dans la déprime. Le décès de ta mère, en 1945, et celui de Tadeusz, en 1951, vont accroître ta tristesse.

De 1942 à 1962, tu subis vingt années insipides. Tu es comme un flacon qui se vide. Il n'y a rien pour te remplir, t'intéresser. Tu n'aimes pas ce monde moderne d'après-guerre. Tu as perdu tes repères.

Le comptable qui s'occupe de votre patrimoine vous annonce qu'il va falloir se serrer la ceinture. Ton mari vend une grande partie de ses objets d'art. Tu ne peux t'empêcher de t'inquiéter.

La naissance de tes petites-filles Victoria et Christie te rend à peine le sourire. Tu t'éloignes de ta fille, qui selon toi se mue en bourgeoise. Vos disputes deviennent de plus en plus fréquentes.

Lorsque tu retournes enfin à Paris, tu ne retrouves plus l'ambiance d'antan. La guerre est passée par là, elle a tout ravagé. Une page s'est tournée pour toi. L'art contemporain, qui règne en maître de ce côté de l'Atlantique, t'exclut également.

Dans les années cinquante, tu voyages le plus possible. Tu pars souvent pour Capri te ressourcer. Tu te sens bien sur cette jolie île. C'est là que tu vas croiser un personnage captivant. Une certaine Françoise Sagan.

Cela me plaît, l'idée de cette rencontre entre vous deux, sous le soleil de Capri.

En 1954, tu as la cinquantaine bien entamée. Sagan, elle, n'a que dix-neuf ans. C'est une star, auréolée par le succès de *Bonjour tristesse*, et à la réputation sulfureuse. Elle se trouve à Capri pour rédiger un article sur l'île pour le magazine *ELLE*.

C'est dans la fameuse Grotte bleue, célèbre pour ses eaux d'un azur profond, que tu fais sa connaissance. On dirait un petit garçon maigrichon, avec sa mèche sur les yeux et son short. Très grande dame, tu l'invites à ton dîner du soir, et tu lui cites avec grandiloquence une flopée de noms impressionnants.

Sagan s'en fiche. Elle rigole. Mais elle viendra à ton dîner.

Elle arrive avec deux heures de retard, alors que tu n'y croyais plus, les cheveux en bataille, pieds nus, tout en mâchonnant un sandwich. Elle bredouille des excuses, elle vient de se réveiller.

Tu n'aurais pas toléré une telle attitude venant de quelqu'un d'autre. Mais Sagan t'intrigue. Elle te plaît. Elle te fait penser à toi, jeune.

En quelques instants, elle met tout le monde dans sa poche. Tes invités sont sous le charme. Toi aussi.

Tu te fais de nouveaux amis. En 1957, par le biais de Felix Youssoupoff, tu rencontres au Ritz un jeune artiste mexicain, Victor Manuel Contreras. Tu ne le sais pas, mais il comptera beaucoup pour toi, plus tard.

Tu embarques tes petites-filles pour Venise, faire la connaissance de gens riches, beaux et célèbres. On ne te refait pas, Tamara.

À Pompéi, où tu as emmené Victoria, tu ressens une sorte de choc artistique. Tu as souvent visité le site, mais cette fois, tu y vois autre chose. Un renouveau de couleurs, une envie de peindre autrement. Tu mets de côté tes pinceaux pour expérimenter le couteau à palette. Une première.

Tu choisis des tons mauves, roses, orangés et beiges. Tu as envie de lignes plus floues, d'ambiances plus douces. Un contraste complet avec ta marque de fabrique d'antan. Fini la netteté, fini les lignes dures et impeccables. Fini les couleurs franches et violentes.

Scrupuleusement, tu t'appliques à ce nouveau style. Tu peins une série de portraits, des natures mortes, des paysages, des animaux. Tu les nommes « *Terra Cotta* ».

Tu es convaincue que ces innovations vont attirer les regards, car tu souffres de ne plus être sur le devant de la scène depuis presque trente ans. Lorsqu'on te propose d'exposer ces nouvelles toiles à la galerie parisienne Ror Volmar, rue de Bourgogne, en mai 1961, tu es enchantée. Tu es persuadée que tu vas renouer avec la réussite dans la ville qui t'a vue naître en tant qu'artiste.

Hélas, même si quelques critiques saluent ton talent, l'exposition est loin d'être un succès. C'est une cruelle déception pour toi.

Le 3 novembre 1962, on t'annonce que ton mari a eu une crise cardiaque sur le bateau qui le ramenait de Paris à New York. Il a été enterré en mer.

C'est le choc.

Tu t'effondres. Tu te sens dévastée, abandonnée.

Tu te rends compte, trop tard, à quel point tu dépendais de Rollie, qui te soutenait, t'admirait et te laissait libre. Tu dois ensuite endurer une longue bataille juridique avec la famille de ton défunt époux concernant son héritage.

En 1963, épuisée, aigrie, amère, tu décides de quitter New York pour de bon. Vendre l'appartement. Tirer un trait, enfin. Mais où aller ? Tu te sens seule. Si seule.

Te voilà veuve, et ta carrière est au point mort. Tu as la soixantaine bien entamée.

Il n'y a qu'une solution, te semble-t-il.

Aller chez ta fille Kizette, qui vit à Houston avec sa petite famille.

La famille, c'est tout ce qui te reste.

Avec tes chapeaux, ton accent, ton arrogance, tu ne fais pas l'unanimité à Houston. Ce n'est ni Hollywood ni Manhattan. On te trouve caricaturale, affectée, snob.

Toi non plus, tu ne supportes pas cet endroit paumé, mais tu n'as pas le choix.

Ici, personne ne sait qui tu es. Ni qui tu as été. Tu passes pour une vieille dame excentrique qui se déguise.

Tu n'es pas une mère facile. Tu critiques ta fille, tu la reprends sans cesse. Si tu gâtes tes petites-filles, ce qui rajoute aux conflits, tu restes très interventionniste à leur égard. Tu veux tout contrôler, jusqu'à leur coiffure. Ton entourage n'en peut plus.

Face à l'émergence de l'art contemporain, tu te sens perdue. Les toiles perforées de Lucio Fontana, le maître des « concepts spatiaux », font sensation à la Biennale de Venise en 1966. Cela te scandalise et te révolte. Tu dis à ta petite-fille Victoria que l'art, le vrai, est mort.

Tu es persuadée que les ingrédients utilisés pour les peintures ne sont pas les mêmes qu'au moment de ta popularité. Même la qualité des pinceaux te déçoit. En fait, tout ce qui compose ce monde moderne dans lequel tu n'as plus ta place te déçoit. Les gens, les lieux, la nourriture. Tout est fade. Tout est triste. Tout a perdu en intensité.

Lorsqu'un galeriste de Houston vient regarder tes *« Terra Cotta »*, tu veux y croire encore. Il t'annonce que ton travail le laisse de marbre. Et il s'en va. Sous le regard pétrifié de ta fille, tu lacères tes œuvres, sauvagement, avec un coupe-papier.

Le temps passe et tu deviens de plus en plus acariâtre. Tu ne supportes plus le Texas. Ta fille et tes petites-filles te tapent sur les nerfs. C'est réciproque.

Toi, une vieille dame ? Pas question. S'avachir ? Jamais. Tu te tiens très droite.

Mais une nouvelle glaçante vient t'ébranler en 1969. Tu courbes l'échine.

Ta sœur chérie, Adrienne, est morte d'une crise cardiaque.

Devant l'impressionnant cortège funéraire à Beaulieu-sur-Mer, tu comprends encore mieux à quel point ta sœur, Adrienne Gorska de Montaut, était quelqu'un. Une architecte de renom, détentrice de la Légion d'honneur depuis 1939. Elle était plus discrète que toi (pas très difficile !), et elle avait mené son chemin simplement, en travaillant dur.

Tu décides de rentrer à Paris, rue Méchain, drapée dans ta tristesse. Parfois, pour rompre la monotonie, tu t'installes au Ritz pendant quelques jours.

Qu'est devenue la grande Tamara de Lempicka ?

L'ombre d'elle-même. L'ombre de son ombre. Une dame ridée de plus de soixante-dix ans, aux toilettes sophistiquées.

Tes tableaux ne se vendent pas. Les expositions sont décevantes.

Est-ce la fin, Tamara ?

Un long crépuscule qui n'en finit plus.

Tu aimerais tirer ta révérence. Tu voudrais que le rideau tombe.

Mais non. Tu es toujours là. Et il ne se passe plus rien.

Rue Méchain, un jour, le téléphone sonne.

Un coup de fil qui va tout changer pour toi.

À l'autre bout de la ligne, un jeune homme. Il s'appelle Alain Blondel, il est marchand d'art. Avec plusieurs amis, Françoise, Yves et Michèle, il a fondé à Paris la galerie du Luxembourg.

Un soir, ils sont tombés sur de vieux livres, d'anciennes revues à ta gloire. Tes tableaux des années 1920 y resplendissent. Mais qu'est devenue Tamara de Lempicka ? Est-elle encore en vie ?

Je les imagine, penchés sur un annuaire, fébriles. Ton numéro y figure.

Tu as dû dire « Allô ? » de ta voix grave et théâtrale.

Et tu as dû leur répondre que oui, c'était bien toi, Tamara de Lempicka.

Ils sont enthousiastes, jeunes, si pressés. Tu as gardé des tableaux chez toi ? Ils peuvent venir les voir ?

Ils sont fous, non ? Pourquoi ces jeunes gens veulent-ils venir déterrer tes tableaux vieillots, stockés tout en haut, dans ton grenier, oubliés depuis des lustres ?

Tu tentes de les dissuader. Ils ne veulent rien entendre. Tes atermoiements ne les impressionnent pas. Ils débarquent à plusieurs, toujours aussi transportés, et tu leur montres le grenier, dubitative. Sous des tissus poussiéreux, ils distinguent ce qu'ils attendaient. Ils s'extasient.

C'est si beau ! Il y a là tous tes trésors des Années folles : la duchesse de La Salle, la *bella* Rafaela, Adam et Ève, Nana de Herrera, la femme aux gants verts…

Tu hausses les épaules, ta cigarette aux lèvres. C'est démodé. Totalement démodé. Ça n'intéresse personne.

Pendant deux ans, tu leur tiendras tête. Tu as trop souffert lors de l'exposition funeste de 1961, à Paris. Tu ne pourrais pas supporter un nouvel échec. Tu aimerais que tes nouvelles toiles connaissent le succès, et non pas ce que tu as créé il y a déjà si longtemps.

Il faut tout recommencer, avec toi. Repartir de zéro. Tu n'as plus d'alliés dans ce milieu.

Alain Blondel est prêt à t'aider, même si tu es compliquée, abrupte, autoritaire. Tu finis par l'écouter. Il parviendra à te convaincre. Tu lui fais confiance. Tu acceptes de lui prêter quarante-huit tableaux, datés de 1925 à 1935.

Cela a dû te faire quelque chose, Tamara, de les voir toutes là, tes toiles illustres, dans cette immense pièce. De les regarder les unes après les autres, réunies pour la première fois, maintenant, en 1972.

Ton travail de jeunesse. Le labeur à qui tu as tout donné, en sacrifiant ta vie de famille. Les témoins silencieux et fidèles de tes excès d'amour, de perdition, de folie.

Les sentinelles de ton passé.

Regarde-les bien, Tamara. Les voilà ressuscitées devant toi, nettoyées, flamboyantes, et tu ne peux pas t'empêcher d'être émue.

À travers elles, tu te vois toi, telle que tu as été.

Un étrange miroir à la Dorian Gray, dans lequel tu aimerais tant te perdre, mais qui reste interdit.

Car on ne peut jamais retourner en arrière, Tamara. Tu le sais, à présent.

Les tableaux ont la vie éternelle. Mais pas les artistes.

Même pas toi.

Le soir du vernissage, tu es rongée par la peur. Et si personne ne venait ? Et si tout le monde se fichait de ton travail ?

Devant tes yeux incrédules, une foule se forme. Une masse de gens se pressent pour venir voir ton œuvre. La salle est noire de monde. Une de tes amies a raconté à tes biographes que tu t'es évanouie. Là, tout de suite. On est obligé te t'emmener dans une pièce avoisinante en attendant que tu retrouves tes esprits.

C'est un succès. C'est même plus qu'un succès. On reparle de toi. Ton nom est à nouveau sur toutes les lèvres.

Pour la première fois depuis la mort de Rollie, tu es heureuse.

Je regarde une photographie de toi, en noir et blanc, de ce soir-là. Tu es de profil. Tu portes une cape élégante, des boucles d'oreilles ornées. Tes cheveux sont soigneusement laqués. Tu as une cigarette entre les doigts, comme toujours. Ta peau est ridée, mais on reconnaît ton nez aquilin, tes paupières gainées d'un lourd trait noir.

Tu souris. En effet, tu sembles heureuse. Derrière toi, un homme contemple un de tes tableaux.

Alain Blondel écrira de toi : « Tamara de Lempicka : la légende d'une femme qui n'a pas toujours su choisir entre ses rêves de star et ses ambitions de peintre. »

En 1978, tu pars t'installer définitivement au Mexique, à Cuernavaca. Il fait toujours beau, là-bas. C'est une destination de villégiature que tu as toujours adorée. Tu y as souvent passé l'hiver. Tu aimes l'ambiance cosmopolite, le soleil, la vue, les cercles artistiques où ton extravagance vestimentaire est appréciée. Comme tu as pu aimer Capri et la côte amalfitaine.

Chaque année, depuis longtemps, tu voyages : quelques mois à Venise, à Paris, à Zurich, au Mexique. Maintenant, tu as envie de te poser. Ici, à Cuernavaca, il y a des gens comme toi, des nomades élégants, des artistes reconnus. Tu as envie de t'y réfugier.

Avant de quitter Paris, tu fais don de vingt-trois tableaux à l'État français. C'est ainsi que ton travail se trouve à Beauvais, à Nice, au Havre, à Saint-Étienne, Paris, Orléans, Nantes et Grenoble.

Ta maison s'appelle *« Tres Bambus »*. Elle se trouve sur un domaine luxuriant et paisible qui donne sur le volcan Popocatépetl. La vue y est magnifique. Tu t'y sens bien. Un noyau se forme autour de toi, ton fidèle prince Youssoupoff, d'autres membres de la jet-set, et un certain Victor Manuel Contreras, sculpteur, que tu avais déjà rencontré à Paris, il y a vingt ans.

L'actrice Arielle Dombasle, qui vivait au Mexique dans les années 1970, te croise à plusieurs soirées, car tu es proche de sa famille. Elle dira de toi : « Tamara aimait s'asseoir avec les jeunes. Elle refusait parfois de se mettre à côté des gens qui lui donnaient l'impression d'être vieille. Elle adorait l'énergie et la beauté de la jeunesse. Mes amis et moi prenions plaisir à être en sa compagnie. Elle se comportait comme une dame de son âge, mais elle avait une telle curiosité et ouverture d'esprit. »

Victor devient rapidement ton meilleur ami, malgré les quarante ans qui vous séparent. Il te fait rire, il te change les idées. Avec lui, tu te sens éternellement jeune. Il te respecte en tant qu'artiste, et toi de même. Vous parlez de tout. D'hier, de ton futur. Car tu veux encore croire en ton avenir, à quatre-vingts ans passés !

C'est ton confident, ton frère. Il saura tout de toi.

Tu lui avoues tes erreurs d'antan : trop de sorties, qui ont saboté ta réputation d'artiste. Les artistes, selon toi, ne doivent pas mélanger la création avec les mondanités. Cocteau t'avait prévenue. Tu aurais dû l'écouter. Tu t'en mords les doigts. Trop tard, maintenant.

Tu lui fais part de ta fureur lorsque tu découvres le livre sur toi publié par Franco Maria Ricci en 1977. Tu avais été contactée en 1973 par l'éditeur milanais après ton exposition parisienne. Il avait été ébloui par ton travail et souhaitait te consacrer un grand album luxueux. Flattée par ce charmant Italien dont l'accent te rappelait de bons souvenirs de ta jeunesse, tu lui avais dit oui.

Tu apprends avec horreur que l'album en question comporte la fameuse correspondance entre Gabriele d'Annunzio et toi. Vos lettres de 1925 et 1926 y ont été intégralement reproduites. Le livre inclut également des passages du journal intime de son odieuse gouvernante, Aëlis, avec toute sorte de détails scabreux te concernant.

Même si le livre en lui-même est un objet sublime, et que tes tableaux y sont magnifiquement mis en avant, tu es épouvantée par les révélations sur ta vie privée.

Il n'a jamais été question pour toi que cela se passe ainsi. Franco Maria Ricci t'a trahie.

Tu lui envoies tes meilleurs avocats et ces mots furieux : « Je considère le texte de ce livre comme une insulte à ma réputation d'artiste et à ma dignité en tant que personne. »

Malgré tout, ce livre braque un nouveau projecteur sur toi, et provoque un regain d'intérêt. On recommence à parler de toi, à admirer ton travail. La presse est, contre toute attente, positive. Tu ne t'y attendais pas. Tu recommences à faire des interviews. Tu passes à la télévision, tu y dis même, péremptoire : « Je ne peins pas les gens parce qu'ils sont célèbres. J'ai fait le portrait de rois comme celui de prostituées. Je peins ceux qui m'inspirent et qui me font vibrer. »

Tu ne supportes pas non plus qu'on puisse te traiter d'artiste « oubliée » ou « inconnue ». Cela te met dans une rage folle. Tu dis à un journaliste que tu n'as jamais été inconnue. Tu n'as jamais arrêté de peindre. Tu peins tous les jours. Ces moins-que-rien ne savent pas où chercher !

Victor, lui, sait que tu peins tous les jours, en dépit de ta vue qui baisse et de tes doigts qui tremblent. Lui qui passe souvent la nuit aux *Tres Bambus*, il te voit travailler tard la nuit. Du jardin, il t'aperçoit dans ta chambre, devant ton chevalet. Tu peins lentement, mais sûrement.

Un matin, tu lui fais une demande surprenante. Tu voudrais qu'il éparpille tes cendres au-dessus du volcan que tu admires si souvent, le Popocatépetl.

Tu dois te douter que ta fin approche. Ta santé n'est pas bonne, depuis quelques années maintenant. Tu as fait plusieurs séjours à l'hôpital. Les cigarettes te tuent à petit feu. Mais tu es incapable d'arrêter de fumer.

Les rapports avec ta fille, qui soigne un mari mourant, sont toujours aussi difficiles. Mais lorsque Kizette perd Foxy, elle vient s'installer chez toi. Tu dois à présent respirer à l'aide d'un caisson d'oxygène. Ce qui ne t'empêche pas de porter tes chapeaux, continuer à fumer, et te couvrir de bijoux.

Après ton décès, personne ne t'a oubliée, Tamara. Au contraire.

Il y a un effet boule de neige.

Dans les années 1980, une pièce écrite par le Canadien Richard Rose, appelée *Tamara*, commence à faire parler d'elle. Le rôle est repris par Angelica Huston et connaît un franc succès.

Ta cote grimpe de façon spectaculaire dans les années 1990, lorsque Madonna, Jack Nicholson et Barbra Streisand se mettent à collectionner tes tableaux.

Aujourd'hui, quand on tape ton nom sur Google, sur Instagram, des images de toi affluent par centaines. La plus connue reste ton autoportrait dans la Bugatti.

Non, personne ne t'a oubliée, Tamara.

Tu continues à fasciner, presque quarante ans après ta mort. Tu restes inclassable, à part, mystérieuse, insondable.

Victoria, une de tes petites-filles, préfère m'écrire pour me parler de toi. Elle me raconte comment, à Houston, elle se précipitait pour t'accueillir lorsque tu arrivais en taxi, après ton vol en provenance de Paris. Tu sentais *Vent vert*. Le même parfum que Daphné du Maurier. Ce détail me fait sourire.

Colette disait de ce parfum : « Il a un caractère vireux de végétal écrasé dans la main. Il plaira sûrement à ces diablesses de femmes d'aujourd'hui. »

Victoria m'avoue qu'on ne riait pas souvent, avec toi. Elle ne se souvient pas d'hilarité partagée. Tu parlais français, anglais, polonais, italien et espagnol. Ton élocution était autoritaire, passionnée. On aurait pu ajouter un point d'exclamation après chacune de tes phrases.

Tu l'emmenais au Louvre, tu lui montrais les tableaux qui te faisaient tant rêver, enfant. Tu lui détaillais ce qu'il fallait retenir des toiles, ce qui était important.

À New York, lorsque Victoria se promenait avec toi, petite, on t'arrêtait pour te faire signer des autographes. Pas parce qu'on te reconnaissait, mais parce que tu dégageais une telle aura que tu devais forcément être célèbre.

Tu n'aimais pas vieillir, m'écrit Victoria. Tu te sentais toujours jeune, en dépit de l'âge.

Lors de ta dernière année, 1980, elle se souvient de ta coquetterie extrême. Tes grands chapeaux, tes yeux fardés, et au doigt, l'immense topaze offerte par d'Annunzio, une bague qui lui appartient, désormais.

J'ai longuement parlé par téléphone à Marisa et Cristina, les filles de Victoria. Tes arrière-petites-filles. Elles ont une quarantaine d'années. L'une vit en Argentine, l'autre aux États-Unis. Marisa, l'aînée, est celle qui a le plus de souvenirs de toi. Elle avait sept ans quand tu es décédée, en 1980. Elle me confie que tu prenais toute la place, que tu étais plus grande que nature.

Tu n'aimais pas dire « mes arrière-petites-filles », non, ça n'allait pas du tout ! Tu les appelais « les filles ». Elles t'appelaient en retour « Chérie ». Tu leur parlais en anglais et en espagnol.

Tu n'étais pas une arrière-grand-mère câline, qui réclamait des baisers, des caresses. Tu étais toujours coiffée, maquillée, en toute circonstance.

Marisa me raconte un moment avec toi, aux *Tres Bambus*. Elle se souvient très bien de ta chambre, peinte de couleur lilas. Il y avait deux lits doubles. Un soir, Marisa a eu le droit de s'allonger sur l'un d'eux avec toi. Elle a tout de suite compris qu'il s'agissait d'un privilège, même si elle n'avait que cinq ans.

Tu la fascinais. Elle me parle de tes yeux, d'un bleu intense. Tu avais des rides, mais tu étais encore belle, me précise-t-elle. Allongée à côté de toi, elle captait ta force, ta détermination.

Cristina, un peu plus jeune, est celle que tu appelais « la petite ». Tu devais être fière de ces deux fillettes blondes et gracieuses, en dépit de la difficulté que tu avais parfois avec leur mère, Victoria. Cristina me confie que sa grand-mère, Kizette, était belle, plus belle et plus grande que toi. Elle m'avoue que c'était certainement un problème pour toi, d'avoir une aussi jolie fille. Cela ne devait pas faciliter votre relation.

Ta voix. Rien à voir avec la voix d'une vieille dame. Une tonalité grave et sensuelle, inoubliable. Cristina se souvient de ta silhouette devenue frêle, de tes longues robes, de tes chapeaux extravagants, de ton porte-cigarette toujours à la main. Elle se souvient aussi, comme Marisa, de la force qui émanait de toi, de ton charisme. Non, vraiment, tu n'avais rien d'une arrière-grand-mère.

Elles prennent ta défense lorsque je leur parle d'égocentrisme, de vanité. Tu n'avais pas le choix, selon elles. Tu étais arrivée à Paris avec presque rien. Tu as tout construit toute seule. Tu devais survivre, par toi-même. J'entends la fierté dans leur voix. Tu as été la première de ta génération à devenir une « self-made-woman », une femme indépendante, à imposer ton propre marketing, à contrôler ton image.

Cristina m'apprend que tes tableaux se vendent aujourd'hui à dix millions de dollars. Un joli rire résonne dans mon téléphone. Tu aurais tant aimé cette consécration.

Elle me fait remarquer qu'elle descend d'une lignée de femmes, entourée par des femmes. Toi, tu as grandi avec ta grand-mère adorée, tes tantes, ta mère, ta sœur. Plus tard, tu as eu ta fille. Cela s'est reproduit avec Kizette, qui a eu deux filles, et deux petites-filles. Cristina me dit qu'il n'y a pas d'hommes dans cette histoire familiale, et que c'est certainement à cause de toi.

Marisa et Cristina savent ce qu'elles te doivent, ce que tu leur as transmis. L'ambition d'être autonomes, de réussir par elles-mêmes, de ne jamais se décourager. Précieux messages relayés par le sang qui coule dans leurs veines.

Tu leur as appris à devenir des femmes puissantes.

Tamara.

Tu es partie le matin du 16 mars 1980.

C'est Kizette qui te trouve sans vie dans ton lit.

Pas facile de louer un hélicoptère qui accepte d'emmener Victor et Kizette au-dessus du sommet du Popocatépetl, pour y répandre tes cendres.

Malgré un vent terrible, ils y parviennent. Victor te l'avait promis.

Tu n'as pas de tombe. Tu n'en as pas voulu.

Jusqu'au bout, tu as souhaité théâtraliser ta vie.

Tu y es parvenue, brillamment.

J'ai aimé te suivre, le temps d'écrire ces pages, de mettre en mots et en images ton sillage artistique.

Merci.

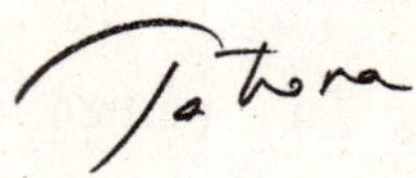

Avril 2017/novembre 2017
Paris

Chronologie

1898

Naissance à Moscou.

1910-1914

Voyages en Italie avec sa grand-mère Clémentine et initiation à l'art.

1914

Installation à Saint-Pétersbourg chez sa tante Stefa.

1916

Mariage avec Tadeusz de Lempicki et naissance de leur fille Kizette.

1918

Arrivée à Paris.

1921

Cours d'art dans les ateliers à Montparnasse d'André Lhote et Maurice Denis.

1922

Première exposition au Salon d'automne à Paris.

1925

Tamara travaille d'arrache-pied, prend son envol et devient célèbre grâce à ses portraits glamour du Tout-Paris.

1926

Exposition à Milan et rencontre avec Gabriele d'Annunzio.

1928

Divorce.

1929

Installation dans son atelier de la rue Méchain, dans le 14e arrondissement de Paris.
Voyage aux États-Unis.

1933

Mariage avec le baron Kuffner

1939

Départ aux États-Unis (Californie).

1943

Installation à New York.

1961

Exposition sans succès à Paris.

1962

Mort du baron Kuffner.

1963

Installation à Houston, dans le Texas, chez sa fille Kizette.

1969

Mort de sa sœur Adrienne Gorska de Montaut, architecte renommée.

1972

Exposition triomphale à Paris, grâce à Alain Blondel.

1978

Installation au Mexique.

1980

Décès de Tamara de Lempicka à Cuernavaca, au Mexique.

Remerciements

Je remercie en premier lieu Édouard Boulon-Cluzel, qui a eu l'idée de ce projet mère-fille.

Merci à Charlotte pour la beauté de ses images qui montrent tout son talent.

Merci à la famille de Tamara de Lempicka
qui, dès le départ, a dit oui à notre projet :
sa petite-fille Victoria de Lempicka,
et ses arrière-petites-filles Marisa et Cristina Doporto.

Merci à Marilyn Goldberg.

TATIANA DE ROSNAY

Tout d'abord, je voulais remercier Édouard Boulon-Cluzel,

qui m'a choisie pour ce projet,

qui a apprécié mon œil et mon travail de photographe,

et pour m'avoir vue telle que je suis : hypersensible.

Je remercie Hélène Lacombe, amie et modèle,

d'avoir si bien incarné Tamara.

Je te remercie toi, Maman, d'être qui tu es,

car pour la première fois nous avons pu mélanger nos univers.

Je remercie Véronique Peres-Domergue, mon agent.

Merci pour ton soutien et tes précieux conseils.

Merci à Tamara…

CHARLOTTE JOLLY DE ROSNAY

Ces remerciements ont été adaptés pour l'édition Pocket que vous tenez entre les mains. L'ouvrage original signé par Tatiana et photographié par Charlotte est disponible aux Éditions Michel Lafon.

Bibliographie sélective

BADE Patrick, *Lempicka*, Parkstone Press, New York, 2006.

BLONDEL Alain, *Lempicka : Catalogue raisonné 1921-1979*, Lausanne, 1999.

BRÉON Emmanuel, *Lempicka*, Flammarion, Paris, 2006.

CLARIDGE Laura, *Tamara de Lempicka : A Life of Deco and Decadence*, Clarkson Potter, New York, 1999.

LEMPICKA (DE)-FOXHALL Kizette, PHILLIPS Charles, *Passion by Design : The Art and Times of Tamara de Lempicka*, Abbeville Press, New York, 1987.

MACKRELL Judith, *Flappers : Six Women of a Dangerous Generation*, Macmillan, Londres, 2013.

MARMORI Giancarlo (préface), *Tamara de Lempicka*, Franco Maria Ricci Éditeur, Milan, 1977.

MORI Gioia, *Tamara de Lempicka*, 24ORE Cultura, Milan, 2015.

MORI Gioia (dir.), « Tamara de Lempicka : La Reine de l'Art déco », Connaissance des arts (hors-série), Paris, 2013.

NÉRET Gilles, *Tamara de Lempicka 1898-1980*, Benedikt Taschen Verlag, Cologne, 1991.

PENCK Stefanie, *Tamara de Lempicka*, Prestel Publishing, Munich-Berlin-Londres-New York, 2004.

VINCI Vanna, *Tamara de Lempicka : Icône de l'Art déco*, Nouveau Monde Éditions, Paris, 2015.

POCKET N° 17797

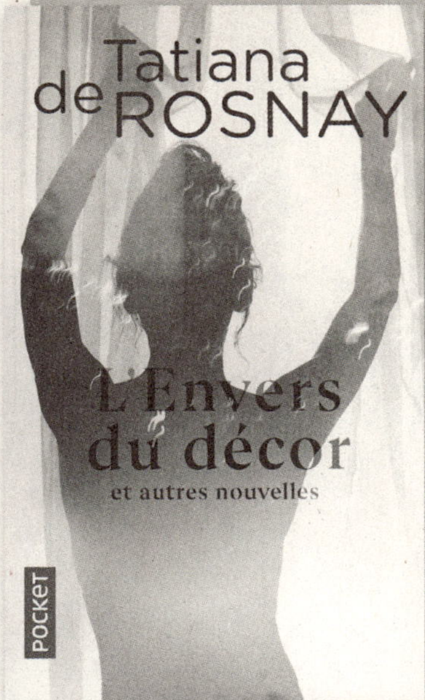

« Un recueil de nouvelles délicieuses. Une lecture réjouissante et qui réconcilie avec le genre. »

Marc Flament
Librairie Espace-Temps

Tatiana de ROSNAY
L'ENVERS DU DÉCOR
et autres nouvelles

Le vrai, le faux. Le décor, son envers. La vie comme un théâtre. Il y a celles qui cachent, sous leurs grands airs d'actrices, d'horribles et noirs secrets. D'autres dont la mémoire en friche court après un regret, un remords, une minute adorée – abhorrée.

Alors on joue. La même scène, encore et encore. Jusqu'à la rupture. Un grain de sel et tout chancelle. Un nom à la radio, le roman d'une inconnue, un mot d'amour, une rue d'avant, un basculement, et la comédie s'arrête.

Retrouvez toute l'actualité de Pocket sur :
www.pocket.fr

Ouvrage composé par
PCA 44400 Rezé

Imprimé en France par

MAURY IMPRIMEUR
à Malesherbes (Loiret)
en octobre 2021

POCKET - 92 avenue de France, 75013 PARIS

N° d'impression : 258157
S32154/01